毎年、記憶を失う彼女の救いかた

望月拓海

講談社
タイガ

写　真――吉澤明朗（ビーワークス）
デザイン――篠原香織（ビーワークス）

毎年、記憶を失う彼女の救いかた

プロローグ

病室のベッドで目覚めたわたしは、付き添ってくれていた栞（しおり）に言った。

「お父さんとお母さんは？」

栞は目を伏せ、なにも答えなかった。

自分の置かれている状況を把握できないでいると、栞の隣にいる白衣を着た優しそうな中年男性が口を開いた。

「君の名前は？」

「……尾崎千鳥（おざきちどり）」

「今日は、何年の何月何日か、わかるかな？」

「二〇一四年、一月二十七日」

中年男性は、白衣のポケットからケータイを出し、画面をわたしに見せた。

そこに表示されていた日付は——二〇一五年一月二十五日。

わけがわからなくなった。

二〇一四年一月二十七日、わたしは両親と共に伊豆（いず）に向かっていた。

ひとり娘であるわたしの成人祝いをかねた家族旅行。

運転はお父さん、助手席はお母さん、後部座席にわたし。

この年頃の女の子なら家族旅行なんてちょっとは嫌がりそうだけど、家族が大好きなわたしはそんなふうには思わなかった。この旅行を一ヵ月前から楽しみにしていたし、車で向かっている最中もずっと心を弾ませていた。

そして気づいたら——病院にいた。テレポートしたみたいに。

しかも、一年後にいる。


わたしはこの一年の記憶をすべて失っていたのだ。


過去一年間のことは栞から聞いた。

わたしたち一家を乗せた車は、高速道路で玉突き事故に巻き込まれたという。

お父さんとお母さんはそのときに他界した。

事故の翌日に目覚めたわたしは、事故のことをよく覚えていなかった。

それから三ヵ月後、わたしは休学していた大学に再び通学して猛勉強を始めた。

わたしの夢は看護師になることだった。車の整備工だったお父さんと、和菓子屋でパートをしていたお母さんは、この夢を応援し、看護学部のある地元の大学に通わせてくれていた。

二人もきっとわたしの夢を応援してくれている。

そう思い、前に進もうと決めたそうだ。

けれど、事故から約一年後の二〇一五年一月二十五日、わたしは倒れ、記憶喪失を起こしてしまった。

この症状は「解離性健忘」というらしい。

担当医の小林先生によると、事故の日が近づいたことをきっかけに、封印された事故時の記憶が蘇ったかもしれないという。わたしの脳はそのショッキングな事実を受け入れられずに防衛機制が働き、その結果、記憶喪失を起こしたとのこと。

自分にこんな厄介なことが起きるとは思わなかった。

けど、起きてしまったものはしかたない。お父さんとお母さんがもういないことを知るのも、記憶喪失を起こすのも、長い人生で一回きりのこと。

今後の人生の糧にして生きていけばいい。

遠い将来、おばあちゃんになった頃には、小さな孫に「おばあちゃんは若い頃、こんな奇妙な体験をしたのよ」と笑いながら話している。そんなふうに、きっといつか笑い話になる。

そう自分に言い聞かせ、わたしは再び歩き始めることにした。

――と、栞から聞いている。

というのは、その二〇一五年の記憶喪失後のことも、わたしは覚えていないのだ。

なぜなら、わたしの記憶喪失は、その後も続いたから。

翌年も、その翌年も。

一年に一度、一月二十七日が近づくと記憶を失い、交通事故の直後まで意識が遡ってしまうのだ。

記憶障害は解明できていない部分もまだ多いらしく、わたしの記憶喪失はこのまま続くかもしれないし、急に治るかもしれないと聞いている。

そして、二〇一七年四月二十八日。

三度目の記憶喪失が起きてからおよそ三ヵ月後、わたしは二十三歳になっていた。

その意識は、二十歳のまま――。

二〇一七年　四月二十八日

これに決めた。

『聡明でクールな大人の女性』

いろいろ考えたけど、やっぱりこのタイプにする。

わたしはきっと『ふんわり系の可愛い女の子』にはなれない。見た目がそうじゃないし、そもそもそんな子になりたくもないから上手くいかない気がする。けれど、『クール』という容姿の特徴だけは実際に何度もそう言われたことがあるのだ。

どうせ目指すなら、現実的に実現できそうなタイプを選んだほうがいい。

わたしは聡明でもないし大人でもない。短気で子供で人見知りでオタク気質な女だけれど、わたしを知らない人はそんなことは知らないのだから、身も心もこれから実際にそうなればなんの問題もない。はじめからそんな女だと思われるのだから。

わたしはわたしのイメージする理想の自分になる。

演技すればいい。

つまり、その人物になりきる。幸い見た目は変える必要はないけれど、仕草や振る舞いは変えなきゃいけない。行動も考え方もそうしていく。「わたしのイメージする理想の女だったらどうするか?」というのをいつも意識しながら生きていく。

　実際にそんな生き方をしたら、いったいどうなるのだろう?

　仲の良い友達は栞しかいないから、わたしの変化に気づくとしてもあの子くらいだ。栞に気づかれてもさして問題ない。なにか言われるとしたら「最近すましてるけどどうかした?」と訊かれるくらいだろう。

　完璧。

　もしかしたら、わたしはとても画期的な生き方を開発したのかもしれない。アインシュタインもニュートンもびっくり。あの人たちは物理学者だっけ。今考えていることは人生哲学だからニーチェやリルケもびっくりだ。リルケって詩人?　どっちでもいいか。哲学者も詩人も同じようなものでしょ。

　とにかくこの生き方は、すごくいいような気がする。

「……千鳥さんー」

　聖華浜松病院の脳神経外科前の待合室で考えごとに夢中になっていたわたしは、看護師さんに呼ばれて我に返った。

「尾崎さんー、尾崎千鳥さんー」

「はい」

　立ち上がり、診察室に入る。

「待たせて悪かったねぇ」

部屋に入った瞬間、小林先生が申し訳なさそうに微笑んだ。

わたしは椅子に座る。

「ホント、いっつも込んでるね」

今日は三ヵ月に一度の検査。ＣＴスキャン、脳波の測定、目眩や視力の検査をした後、最後に先生と話をして終わり。

カルテを書いている先生の頭を見た。いつも通りの七三分けで、てっぺんから軽く頭皮が見えている。

「また髪の毛減ってない？」

わたしが深刻そうに言うと、

「うそぉ!?」

先生は机にあった手鏡をあわてて頭にあてた。

「……冗談」

わたしはケラケラと笑う。

「やめてくれよー」

先生は顔をしかめ、再びカルテを書き始めた。

いけない。

聡明でクールな大人の女は、こんな子供じみた真似(まね)はしないか。

この人に会うとついからかいたくなる。これからは冗談も控(ひか)えめにするように気をつけないと。

今年で四十八歳になるわたしの担当医、小林卓郎(たくろう)先生は、ここ数年で急激に進行した薄毛を猛烈に気にしている、それはもう病的に。

奥さんも高校生の息子さんもいるし、もういいおじさんなんだからそこまで気にすることないと思うのだけど、本人にとってはかなり深刻な問題らしい。

先生は口癖(くちぐせ)のように、「君と出会った頃はフサフサだった」と言うけど、そんなイメージぜんぜん湧(わ)かない。まったく覚えていないのだから。

先生との出会いは事故直後の三年前、二〇一四年の一月——と、栞に聞いている。わたしの感覚だとまだ三ヵ月前だけど。

今年の一月に目覚めたとき、敬語を使いながら遠慮気味に話すわたしに、先生は「タメ口でいいよ。三ヵ月後にそうなるから」と優しく言った。

一昨年と去年の記憶喪失の後も、先生との関係は同じように深まっていったそうだ。わたしは最初こそ敬語を使うものの、三ヵ月後にはそれを止(や)めて先生をからかうようになったとか。

「ぼくもそのほうが楽だから」と言うから、しかたなく親戚(しんせき)のおじさんみたいに接するようにしたのだけど、案外これがすぐにしっくり来た。

どことなく頼りなげで見ているだけでイジりたくなる先生。その見た目とは裏腹に手術の腕はそうとうなものらしく、脳神経外科の分野では『権威』と呼ばれているらしい。わたしはたまたま家からそう遠くないから通っているけど、県外から先生の腕を見込んでやってくる患者さんも多いそうだ。

カルテを書き終わった先生が、わたしのほうに体を向ける。

「異常なし。気になることはある？」

「……特に」

目の前にある薄い頭を見ながら、ふと思い出す。

「そういえば、日記つけ始めた」

先生は顔をほころばせ、「へぇ」と答える。いつもの向日葵（ひまわり）のような笑顔だ。

「また忘れたら困るでしょ？」

わたしが言うと、先生は真剣な顔になって、

「千鳥ちゃん、この症状は自然に治る人もいるんだ。だから——」

「わかってる。念のため」

「……そう」

先生は浮かない表情。後ろ向きな気持ちになっていると勘違いさせたかもと思い、いち

おう伝えることにする。

「わたし、自分を不幸だなんて思ってないよ」

　すると先生はなにかを悟ったようにうなずいて、

「最初に記憶を失ったときも、君はそう言ってた」

　わたしは「やっぱり」と微笑む。

　そして、

「逆に幸運じゃない。一年ごとに生まれ変われるなんて」

　元気よく立ち上がって診察室を後にした。


　病院の帰りに浜松城公園に寄った。

　お決まりのコースを歩きながら、歴史とロマンに胸を躍らせる。

　家康(いえやす)の出世城と言われる浜松城に入った。

　城の石垣は自然石を積み重ねた野面積み(のづらづみ)。見かけは素朴だけど頑丈な構造で、徳川(とくがわ)家康の慎重かつ用心深い性格が表れている。

　この城での数々の戦いで得た経験が後の関ヶ原の戦いに活(い)かされ、その後三百年の江戸時代につながったと思うと、実に感慨深いものがある。

　二階にある城下町の模型を見た後、天守閣まで上がって浜松市内を一望しながら思いを巡らせた。

家康はこの景色を見ながら、どんな未来を夢見ていたのだろう――。

そのまま城内を探索し、地下の井戸を見ていたときにふと時計を見る。入ってから二時間も経(た)っていた。

城を見ていると、時間が経つのも忘れてしまう。


浜松城を出ると、辺りは夕日に照らされて茜色(あかねいろ)に染まっていた。

公園のベンチに腰掛けたわたしは、バッグから日記を出して開く。

一ページ目には、ここ数年の「自分年表」が書かれていた。

また記憶を失ったときに自分のことを早く把握するためにと、わたしが書いたものだ。

ここにはまだ、ここ数日の日常しか描かれていない。

わたしは一度目の記憶喪失後の二〇一五年一月から、三度目の記憶喪失前の二〇一七年一月まで、毎日のように日記をつけていたそうだ。

栞からそう聞いたときは、わたしらしいな、と思った。

一年に一度、二十歳の意識に戻るということは、毎年一回、未来にタイムスリップするようなもの。いろいろと不便も生じるだろうから、なるべく自分だけで対処したかったのだろう。

尾崎千鳥の自分年表

二〇一二年四月一日　浜松科学大学・看護学部に入学。

二〇一三年四月一日　大学二年に進級。

二〇一四年一月二十七日　二十歳（大学二年生）
家族旅行に向かう途中、交通事故に遭う。

二〇一五年一月二十五日　二十一歳（大学三年生）
一回目の記憶喪失。過去一年間の記憶を失う。

二〇一六年一月二十日　二十二歳（大学四年生）
二回目の記憶喪失。過去一年間の記憶を失う。

三月二十五日　浜松科学大学・看護学部を卒業。

七月七日　フラワーショップ栞で働き始める。

二〇一七年一月二十三日　二十三歳（社会人一年目）
三回目の記憶喪失。過去一年間の記憶を失う。

四月二十五日　日記をつけ始める。

記憶喪失 ←

自分が記憶を失ってわかったのだけど、記憶喪失の人が他人から自分のことを聞かされても、その現実をすぐには受け入れにくい。自分の文字で説明されるほうが、よっぽど信用しやすいのだ。

でも、それらの日記はもう手元にはない。

二〇一五年分の日記は翌年の記憶喪失直前に、二〇一六年分の日記はその翌年の記憶喪失直前、つまり今年の一月に、わたし自身の手で捨ててしまったらしい。

栞によると、わたしは過去二回とも「前だけを見て進みたいから捨てた」と言っていたそうだ。

これも、わたしらしいと言えばわたしらしい。

けどそのせいで、栞は毎年、「わたしへのわたしの説明」にかなり骨を折っている。

ちなみに、去年より今年のほうが大変だったそうだ。

しかたない。

二十歳の自分が、ある日突然、三年後にタイムスリップしたのだから。

消費税の税率は変わっているしオリンピックは終わっているし、自分の知らない大きな事件や災害も起きている。テレビには知らない有名人もたくさん出ているし、街には見たこともないビルがいくつも建っていて、逆に行きつけだったカフェが閉店している。しかも今から一年前に。っていうか、「マイナンバー」とか「ＰＰＡＰ」とか「ＶＲ」とか、知らない言葉が多すぎるんだけど。

そうやって現在を把握する途中でいろいろな疑問が湧いてくるのは当然なわけで。

結局この三ヵ月、わたしは五歳児のように栞に世の中のことをあれこれと質問し続け、最近になってようやく落ち着いたのだった。

わたしはどうして日記を捨てたのだろう。

過去のわたしは、栞に「前だけを見て進みたいから捨てた」と言ったらしいけど、本当にそんな格好のいい理由なのだろうか。

もしかしたら、そう言っていただけかも。

本当は書くのが面倒になったかもしれないし、間違って処分してしまったかもしれない。あるいは、思い出したくもないほどのつらい出来事があって捨てたのかもしれない。

記憶がないから真相はわからないけど、なんにせよ、捨てたのは間違いだった。

やっぱりないと不便だし、自分の過去を知らないのもなんだか気持ちが悪い。だから今度こそは、ちゃんと残しておかないと。

この先、わたしにとって日記はどんどん重要なものになっていくだろう。このまま順調に記憶を失い続けたら、年々タイムスリップする距離は広がっていく。

二十歳のわたしが突然――二十四歳になる。

二十歳のわたしが突然——三十歳になる。
二十歳のわたしが突然——五十歳になる。
二十歳のわたしが突然——七十歳になる。

把握しなければいけない情報量は増えていくだろうし、わたしのビジュアルの変化も大きくなっていく。長生きでもしたら大変だ。

二十歳のわたしが九十歳のわたしを見たら——。

「こんなおばあちゃんがわたしだなんて！」

と、今はまだ生まれてもいない若い看護師さんにダダをこねて困らせるかも。

そんなとき、自分の文字で書かれた過去の日記を見たら、少しは落ち着きを取り戻すだろう。たぶん。

そして、今年は消えてしまったものがもうひとつ増えた。

事故の少し前、成人祝いに両親に買ってもらった腕時計。

栞によると、わたしは去年まであの時計をよくつけていたそうだ。

家中探したけれど、まだ見つかっていない。日記と違って捨てる理由もないし、小さいものだからまだ見つかっていないだけの可能性もある。だからこっちは諦め（あきら）ずに根気よく探すつもりだ。この謎（なぞ）も、日記があればすぐに解明したかもしれないのに。

わたしはペンを出し、日記に文字をしたため始める。


二〇一七年四月二十八日。

記憶喪失から三ヵ月経ってひと通りいろんなことがわかったから、二〇一八年のわたしにいくつか伝えておこうと思う。

わたしの人生が二〇一四年の一月二十七日と違う点は、大きく三つある。

ひとつ目は、お父さんとお母さんは間違いなく他界していること。

居間にある棚の二段目にわたしの戸籍謄本が入っているから確認して。

本当にいないことを納得できるだろうから。

二つ目は、わたしは去年から蕎麦（そば）アレルギーになったこと。

これも棚の二段目に診断書がある。お蕎麦を食べると蕁麻疹（じんましん）が出るから要注意。

そして三つ目。「看護師になる夢」だけど、

そこまで書いたところで、

「すいません」

という声がする。

顔を上げると、目の前に二人の男性が立っている。

年齢はわたしと同じくらいか、ちょっと下かも。

「浜松市美術館ってどこですか?」

ツーブロックの、いかにも現代風の髪型をした人が訊いてきた。

おかしいな、と思った。

美術館は目と鼻の先——というか、この公園の中にある。

そのへんに案内看板がいくつもあるし、だいたい、ここに来るのは土地勘のある地元の人か、浜松城を見にくる観光客ばかり。美術館が目当ての観光客はなかなかいない。

不思議に思いながらも、美術館のある方角を指す。

「あの道を歩いた先です」

するともうひとりの人が、

「案内してくれません?」

にこっと微笑みかけてくる。

——なんで?

いちおう、さっき指した方向をもう一度、見る。

道は一本。

迷いようがない。言われた通り歩いていけば五分もかからない。案内は必要ないのだ。

返答に困っていると、はじめに話しかけてきたツーブロックの人が、

「なにしてるの？」

わたしの膝の上にあった日記を覗きこんでくる。

自分の部屋に土足で上がり込まれた気分になり、苛立ちを覚える。そしてこのとき、彼らの目的をやっと理解できた。

先に声をかけてきた男はツーブロックのショートヘア。デニムシャツの胸元にクロスのネックレスが光っている。

もうひとりはパーマのかかったミディアムヘア。色黒のワイルド系で、きっちり形を整えた顎髭が印象的。よく見ると、かなり女慣れしてそうな二人組。

彼らの爽やかなスマイルを見ながら、わたしの中から沸々とある感情が込み上がってきた。

怒りである。

わたしはいたって普通の二十三歳の女だ。

でも、目の前にいる、女の子のことで頭がいっぱいそうな子たちよりは深刻な人生を送っていると思う。

そんなわたしの将来を考える重要な時間が、新たな一歩を踏み出そうとしている大切な時間が、チャラい若者たちの自己中な戯れによって邪魔されているのだ。

日記を閉じ、座っていた木のベンチに「ドン！」と激しく置いた。

「ナンパ？」

たぶんわたしは、すごく恐い顔をしていたと思う。

ツーブロックが目を丸くする。

そのリアクションは予想してなかった、といった具合に。

けど、顎髭のほうは怯まずに、

「そう。ナンパ」

整った白い歯を見せる。

そうとう慣れている。

二人とも端正な顔立ちで爽やかだ。服のセンスもいい。これまでの戦績もかなり優秀なのだろう。

その余裕な態度が余計に癪にさわった。

「それって、どちらかがわたしの恋人になってくれるってこと？」

ツーブロックが嬉しそうに、「もちろん」とうなずく。

「当然だよ」

そう言った顎髭の瞳を、わたしは真っ直ぐに見つめた。

「あと九ヵ月で死ぬけど」

「……は？」

これには顎髭も戸惑ったようで、なんだこいつ、というふうにツーブロックと顔を見合わせる。わたしは真顔で続ける。

「だから、わたしあと九ヵ月で死ぬから付き合うと面倒だけど。それでも付き合ってくれる？　あんたたちにわたしの人生を背負う勇気があるの？」

ツーブロックは顔を引きつらせ、

「おもしろい子だな……」

頰(ほお)をヒクヒクさせる。

「あ、ああ」

顎髭も愛想笑いして引いてる。冗談だと思われたらいけないので、

「本当だけど」

と念を押した。

顎髭が口を開けて固まり、ツーブロックも引きつった笑顔でフリーズ。

時間にすると、十秒くらいだっただろうか。

その間、幸せそうに手を繫(つな)いで歩くカップルや、小さな子供を肩車するお父さんがわたしたちの前を横切った。

夕暮れに染まった浜松城公園にはのどかで優しい時間が流れていたけど、わたしたちの周りだけには不穏で重たい気配が漂っていた。

その空気に限界を感じたのか、顎髭の「行こうぜ」というぽつりとつぶやいた声をきっかけに、二人は去っていった。

どう思われたかな。

本当に余命九ヵ月の女だと思われた？

嘘ではないから罪悪感はない。実際、今のわたしはあと九ヵ月で死んでしまう。栞や小林先生と話したことも、世の中の出来事も、わたしのこの症状も、そしてこの腹立たしい出来事さえも、すべてがはじめからなかったように、綺麗さっぱり忘れてしまう。

だけど。

こんなのたいしたことじゃない。

だって人生は、嬉しいことや楽しいことより、つらくて苦しいことのほうがよっぽど多いんだから。

わたしは嫌な出来事もなかったことにできる。

女子トイレと間違えて男子トイレに入ったところを誰かに見られても、その恥ずかしさは来年には消えている。どんなに他人にひどいことを言われても引きずることもない。逆に他人を傷つけてしまってひどく後悔しても、その罪悪感に縛られ続けることもない。

それに、はじめて体験したことの新鮮さをずっと維持できる。

はじめて食べたものの美味しさも、はじめてのお城に入ったときの感動も、何度でも味わえる。

こんなの病気じゃない。体質だ。しかも、けっこうラッキーな。

まあ、記憶喪失の直後だけはちょっと面倒だけど、広い視野で見たらメリットのほうが多い。

わたしは幸運なのだ。みんなの持っていない特権を手に入れたのだ。

世の中には、過去のトラウマに足を引っ張られたり、輝かしい栄光や美しい思い出にすがって生きている人も大勢いる。

そんな弱い生き方をわたしはしたくはない。だから、この体質は自分に合っていると思う。

たしかに日記を捨てたのは失敗だったけど、もしもその行動が、本当に「未来だけを見据えて歩く」という自分への決意表明だったとしたら、少しだけ自分を誇りに思う。

そういえば……聡明でクールな大人の女になることをまたすっかり忘れていた。

わたしのイメージする理想の女性は、あんなあしらい方はしなかっただろう。きっとさらっとお断りして格好よく去っていくはず。これからは気をつけよう。

それにしても——さっきの顎髭の顔。

口を開けて固まってた。

あんなにわかりやすい、漫画みたいに驚く顔を見たのは生まれてはじめて。

お腹の下をくすぐられるような衝動がこみ上げる。

あの顔……茶褐色の肌をしていた彼の驚いた顔は、まるで埴輪の置物のようだった。

わたしは、ひとりでクスクスと笑い始めた。

そのときだった。

「すいません――」

見ると、隣のベンチに男の人が座っている。彼は間を置かず、

「浜松市美術館はどこですか?」

訊ねてくる。

さっきの人たちの仲間――いや、歳が違う。見た感じ、二十代中頃から後半くらい。二人組は『男の子』といった感じだったけど、彼は『大人の男性』という印象。

「あいつらの仲間?」

わたしが確認すると、彼は一瞬驚いたような顔をした後、困ったような笑顔を見せた。

「そう見える?」

服装は、Tシャツに黒のジャケット、細身のデニムにスニーカー。ラフだけど清潔感があって、あの二人組とはちょっと系統が違う。ぱっと見、連中みたいな威圧感はない。も

う少しやわらかい雰囲気で、違う人種のようにも思えた。

少し考えて、「さっきの出来事を偶然見ていて便乗ナンパしようとしている」という答えに至った。

ここはいつからナンパスポットになったのか。後で栞に聞いてみよう。

わたしは日記をバッグに入れて立ち上がり、

「あっちです」

美術館の方角を差し、歩き始めた。

「……千鳥」

ぼそっとつぶやかれたその言葉で、反射的に立ち止まってしまう。

振り返り、彼の顔をもう一度ちゃんと見る。

ベンチに寄りかかっていた彼は、顔だけこちらに向けて微笑んでいた。

「めずらしいけど、良い名前だね」

少し弾んだ声。

話し方も表情も、最初の印象よりどことなく子供っぽい。

会ったことがある？　けど、わたしは彼を見たことがない。

地元が一緒？　でも、有名人でもないわたしのことを、なんで知ってるのだろう。

「わたしを知ってるんですか？」

思わずそう訊くと、彼は急に真顔になって、

「覚えてない？」

そう答えた。

もしかしたら——と、ある可能性がよぎる。

事故の日の二〇一四年一月二十七日以降、三度目の記憶喪失の二〇一七年一月二十三日以前、つまり記憶が抜け落ちた三年の間に会っている人かも。

わたしは記憶喪失以降、新たな人間関係はつくっていないと栞から聞いている。

この症状を他人に言いたくないし、忘れた後に一から人間関係を築くのも煩(わずら)わしいという理由で、一貫して他人とは線を引いてきたそうだ。

けど、知り合いはどうしようもない。

近所に引っ越してきた人や花屋によく来るようになったお客さんなどとは挨拶(あいさつ)や会話をしないといけない。そのため過去のわたしは、後々「相手はわたしを知っているのにわたしは相手を知らない」という今のような状況になることを避けるため、顔見知りになった人ができるたび、その人の名前や容姿、わたしとの関係を日記に書いていたという。でも、もうその日記はないから彼のことを確認できない。

……あと考えられるのは、見た目が劇的に変わった人。事故以前に会っているけど成長したり痩(や)せたりしていて、わたしが気づいていないだけで。

「知ってるよ」

彼が不敵な笑みを浮かべる。

「一年に一回忘れる。だから、ぼくを覚えていない」

「……誰？」

戸惑うわたしにおかまいなしに、彼は続ける。

「賭け——しない？」

この状況にはまるでふさわしくない、「賭け」という単語。

「ぼくと一ヵ月デートして、正体がわかったら君の勝ち。どんな関係だったか、どうやって出会ったのか。わからなかったらぼくの勝ち」

わけのわからない提案に戸惑いつつも、強い反発心が働く。

「なんでわたしが、そんなこと……」

言いながら、新たな疑惑が浮かぶ。

わたしの体質のことをどこかで聞いた人？　栞は誰にも言わないだろうけど、病院は？守秘義務があると言っても絶対に情報が漏れないとは言い切れない。

「わたしがめずらしい人間だから、からかってるの？」

彼は急に真剣な顔をして、

「……いや」

と首を小さく左右に振る。

「じゃ、わたしを調べてるストーカー？」

彼は目を丸くした後、わたしから視線をそらして苦笑いし、

「ひどいな……」

ひとり言のようにつぶやく。

「どこでわたしのこと聞いたか知らないけど、気持ち悪いんだけど」

すると、再び彼はこちらに顔を向けた。

「腕時計、見つかった？」

わたしは絶句する。

「成人祝いにご両親に買ってもらった腕時計、探してるんでしょ？　ぼくはその時計のある場所を知っている。君が勝ったら教えるよ」

「なんで——そのこと知ってるの？」

思わず訊くと、彼は顔をぱっと明るくさせ、

「君がゲームに勝ったら、その理由も話す」

記憶を失う前、わたしが彼に渡した？

けど、あんな大切なものを誰かに預ける？

それとも、ぜんぶ嘘？

わたしが時計を探していることを知って……でもどうやって？

時計が消えたことは栞にしか話してないのに。

頭の中がクエスチョンだらけになっていると、

「そうかー」

わざとらしいつぶやき。大根役者よりも遥かにひどい、棒読みの台詞のよう。

空を仰いで、同じ調子で続けた。

「勝てる自信ないんだぁー。ちょっと調べればわかるのにぃー」

……ムカつく。

わたしは生来負けず嫌いだけど、その白々しい言い方はもはや『挑発』といった次元ではなく、まるで子供相手に言っているみたいで、ひどく下に見られているように思えた。

「そういう問題じゃないでしょ？　どうしてデートなんて——」

「怖いの？」

わたしはそのひと言に反応する。

「君は、知らない人とデートするくらいで怖いんだ？」

わたしの苛立ちはピークを迎えた。

そして気づいたら——

「やらないなんて言ってない。わたしが負けたら？」

そう言っていた。

彼はまるでわたしの答えをわかっていたようにニヤリとした。その表情を疑問に思っていると、

「君が負けたら、ぼくと付き合ってもらう」

軽く言う。

わたしは不思議な違和感を覚えた。

彼からはさっきの二人組のような下心を感じないし、これまでの話し方や声に比べると今の言葉だけはやけにあっさりしていて、その目的自体はどうでもいいように感じたのだ。

それなら、彼の目的は？　なんでこんなゲームをしようとしているの？

「ぼくをストーカーだと思うなら断ってもいいよ。二度と君の前には現れない。時計のことも嘘かもしれないし。どうする？」

強制するような雰囲気ではなく、あくまでわたしに決めさせようとしているようだった。

その自信満々な態度を見て、また腹が立つ。

「……やる。あなたの言うとおり、少し調べれば済むことだから」

尖(とが)った声で返すと、彼は薄く笑って、

「じゃ、今からゲームスタートだ」

腰を上げる。

その瞬間、彼の表情がふいに厳しくなった気がした。まるで困難を極める仕事に挑む前のような顔に見えた。

すぐに顔をゆるませた彼は、こっちに向かって歩き始める。

思ったよりもスラッとしていた。切れ長の瞳、すっとした顎、薄めの唇（くちびる）、顔も体型も全体的にシャープな印象だった。

春風が目の前を吹き抜け、彼の前髪が少し目にかかる。髪をかきあげる仕草はどことなく品があるように見えた。

わたしまでたどり着いた彼は、すっと右手を差し出す。

「ぼくは天津真人（あまつまさと）。よろしくね、千鳥さん」

じっとわたしを見つめる。

彼の右手に視線を戻したわたしは、ふいにその手を握るのを躊躇（ちゅうちょ）する。

いつの間にかこんな状況になってしまったものの、急に怖くなったのだ。

深い森の奥にある畔（ほとり）まで歩き始めるような気分だった。無数に重なる茂みをかき分けないとそこまでたどり着けないような、奇妙な怖さを覚えていた。

ひとつ息を吐（は）き、わたしはその感覚を打ち払う。

もうやると言ってしまった。

彼と会っていたとしても、すべて嘘だったとしても、調べればすぐにわかることだ。

そう思ったわたしは――

「尾崎……尾崎千鳥です」

伏し目がちに、彼と握手した。

二〇一七年　四月二十九日

「天津、天津、天津……？　あー、やっぱわかんない！」

朝十時過ぎ、桜のウェディングブーケを仕上げていた栞が言った。

幼なじみの栞とは、小中高、大学まで同じ学校。

二〇一三年十二月、大学二年生のとき、栞は一念発起した。

大学を中退し、夢だったお花屋さんになるための準備を始めたのだ。栞は小学生の頃から「大人になったらお花屋さんになる！」と息巻いていた。だから本当は子供の頃から描いていた夢のビジョンである「お店で花を売る」という仕事だけをしたかったのだけど、情報を集めていくうちに、今の時代、それだけでは生活が苦しくなるかもしれないと知った。

そこで彼女は、昼は華道教室のスタッフとして働いて花について学び、夜はキャバクラでバイトしながら貯金をするという苦難の道を選んだ。わたしは体が心配だと止めたそうだけど、頑として聞かなかった。

で、わたしの感覚だとその一ヵ月後——

栞は花屋さんになってた。

しかも、フラワーアーティストという格好良い肩書きまで手に入れて。

実際には三年の月日が流れていたその間、彼女は猛烈に働きまくって開店資金の五百万円を貯金。そして二〇一六年七月、わたしたちの地元、ここ磐田市で『フラワーショップ栞』を開店させたのだった。

栞の努力の成果もあり、店には花の注文のほかにも、ホテルや結婚式場の飾り付けの依頼まで舞い込んでくる。今日のようにウェディングブーケの制作依頼も少なくない。月に四回はこの店で華道教室も開いている。彼女を見ていると、本当に人生は為せば成ると思う。

「じゃ、誰なの？」

店内の花に水をあげながらわたしが訊くと、栞は両手を腰にあて、口を真一文字にした後、「わかった！」と叫んだ。

「勢いでヤっちゃった男だ！　だから言えなかったんだ！」

わたしが目を細めて睨むと、

「冗談よぉ」

ごまかすようにおどけて笑う。

「でも、おっかしいな。あんたの記憶のことも腕時計のことも、誰にも言ってないのに……」

そう、栞は誰にも言っていない。となると、わたしとあの人は記憶を失った間に親しくなった線が濃厚になる。さっきの栞の予想も、絶対に違うとは言い切れないのだ。

「いい男なんだ?」

栞が嬉しそうに訊いてくる。

「なんで?」

「だって、彼の目的はあんたと付き合うことなんだし、それ結局ナンパじゃん。あんた超人見知りだし、ナンパとか嫌いでしょ。っていうか、ナンパされるとよくキレてたし、絶対ケータイ教えなかったっしょ?」

たしかに。なんでだろう。

体質のことや腕時計のことを言われて、その後に挑発されて……気づいたら対決することになっていた。

昨日のことを改めて思い出していると、お客さんが入ってきた。

「いらっしゃいませー」

艶(つや)のあるショートカットを揺らしながら栞が眩(まぶ)しい笑顔を見せる。

このショートカットにもエピソードがある。

過去三回の記憶喪失後、栞は毎回病院で付き添ってくれているけど、今年の一月にわたしが目覚めたときは、いつもと勝手が違ったらしい。

彼女を見たわたしの第一声は「誰ですか？」だった。

当然だ。

つけまつげをしていたぽっちゃり体型の金髪鬼盛りギャルが、ある日突然、黒髪ショートヘアのナチュラルメイクになっていて、しかも九キロも痩せた大人の女性に成長していたら、誰だって同じようなことを言う。

栞はタイムスリップしたわたしにすべてを説明した後、「とりあえずうちで働きなよ」と明るく言った。覚えてないが、わたしは開店当初からこの店を手伝っていたらしい。

他人には迷惑をかけたくないけど、この子だけは特別。そんな感覚のあるわたしは、今のところプライベートも仕事も遠慮なく彼女に甘えている。

女性客は、二十坪の店内をしばらく散策した後、黄色い薔薇(ばら)を十本注文した。

わたしがゴム手袋をつけようとすると、

「いいよ、わたしやる」

栞が素手で手際よくバケツから取り出す。そして、

「贈り物ですかぁー？」

甲高い声で女性客に訊く。わたしたちより少し年上に見えたその女性は、お父さんの定年退職祝いに黄色い薔薇をプレゼントしたいという。平和を象徴する黄色い薔薇は、父の日の贈り物にも人気がある。

二人で女性客を店先まで見送った後、わたしのスマホにメールが入った。

それとわかる短い着信音を聞いた栞が、

「例の彼じゃない？」

目を輝かせ、顔を寄せてくる。こういう詮索好きのところは三年経ってもまったく変わっていない。メールを開くと、

【今日の夜、会えない？　天津真人】

簡潔で短い文章。

「おー、直球。つーか、今時メールかよ。普通ＬＩＮＥじゃね？」

栞が画面を覗きこんでいた。

「そういえば、ケータイもガラケーだった」

「流行りに流されないタイプか……ま、それはそれでいーじゃん、チャラくなくて」

ニヤニヤする栞を尻目に、店の中に向かった。すると栞が追いかけてきて、

「返事しないのー？」

わたしは言葉を詰まらせる。

よく考えると、こんなゲームをする必要なんてないのだ。ぜんぶ嘘かもしれないし。だいたい、知らない人とこれから何度も会うと考えると気が重くなる。

それに、あのとき——握手しようとしたときに感じた妙な怖さも引っかかっていた。

「行きなよー。モヤモヤするっしょ、そのままにしてたらー」

キャバクラ時代の癖が残った、軽く語尾の音を上げた口調でなにげなく言ってくる。

その言葉で、深刻になっていた気持ちがすっと軽くなった。

わたしは昔からこの後押しに助けられている。

高校卒業間近、看護師を目指そうか迷っていたときも、栞の「試しにやってみたら？合ってなかったら辞めればいいじゃん」というひと言で、それまで深刻に考えていたことが急にバカらしくなって、翌日に看護科のある大学に願書を提出した。

彼女の言葉には、人を前進させる不思議な力がある。

「まぁ、モヤモヤはするけど……」

そう答えると、栞は畳み掛けるように返信を促し始めた。

そして結局、わたしは数分後に「場所と時間は？」という短いメールを天津真人に返したのだった。

待ち合わせ場所は、ＪＲ浜松駅の北口だった。

バスで浜松駅まで到着後、ロータリーからエスカレーターで地下に降りる。

地下道を歩きながら時計を見ると、六時五十五分。待ち合わせまであと五分あったので、少しペースを落として歩いた。

再びエスカレーターに乗って駅の北口前の地上に出たとき、すぐに彼がわかった。

天津真人は大きめの黒い紙袋を持っていた。

駅に入っていく何人かの女性が、彼を見ながら通りすぎていった。

その光景を見ても驚かなかった。

昨日は突然すぎてよくわからなかったけど、たくさんの一般人も歩いている街中で彼を見て、はっきりとわかったのだ。

彼は、この辺ではあまり見かけないタイプだった。

派手ではないけど小奇麗な服装で姿勢も良いため、なんだか都会の人っぽくて目立っていた。

わたしに気づいた彼が、軽く手を挙げて白い歯をこぼし、こっちに歩いてくる。

「千鳥さん、そんなにぼくと会いたかったの？」

はしゃいだ声色と、からかうような口調。ぼく、という一人称のせいもあるかもしれないけど、口を開いた瞬間、彼のイメージが大人から子供へと豹変する。

わたしは怪訝な顔を向けた。

「なんで？」

「だって、ほら！」

アンティークっぽい革ベルトの腕時計を見せてくる。

六時五十八分。

文字盤には「ＯＭＥＧＡ」の文字。時計に詳しくないわたしでも、それが高価なものだとわかった。

「二分前って、普通だと思うけど」

「そう？」

「っていうか、あなたのほうが早く……」

「行こっか」

話を遮り、ひとりで歩き始める。

呆気にとられていると、

「どうしたの？」

振り返り、きょとんとした顔。

バカにされた気がしたけど、そう言ったら負けのような気がしたから、わたしは黙って歩き始めた。

歩いている最中、彼は何度かケータイを開いてなにかを確認していた。その行動が、彼への『ある疑惑』をさらに強めた。

駅前のうなぎ屋の前で、彼が口を開く。

「到着。ここだよ」

「……うなぎ?」

「うなぎ。なんかまずい?」

不思議そうな顔で言う。

「そういうわけじゃないけど……」

テレビでよく紹介されている有名な老舗(しにせ)。嫌ではなかったけど、はじめてのデートにうなぎ屋を選ぶとは思わなかったから少し驚いた。

店内に入ったわたしたちは四人掛けのテーブルに案内され、彼と向かい合う形で椅子に腰を下ろした。

「来たことある?」

と彼に訊かれたので、わたしは首を左右に振り、

「はじめて。来たことを忘れてるだけかもしれないけど」

そう言った。

二人とも看板メニューのうなぎ茶漬けを注文すると、彼が黒い紙袋からなにかを取り出した。

「初デート記念のプレゼント！」

赤い薔薇の花束を差し出す。ぜんぶで九本あった。

戸惑っていると、わたしの胸元へ置くように渡してくる。

複雑な感情がこみ上がり寒気が襲ってくる。

「……どうも」

受け取って、隣の椅子に置いた。

彼は、あれ、というような戸惑いを見せ、

「リアクション薄くない？」

と言って、水を飲む。

いろいろと言いたいことがあったけど、とりあえず単刀直入に訊くことにした。

「わたしを騙して、お金とる気でしょ？」

彼がもの凄い勢いでむせる。

「な、なんだよそれ！　どういう意味……」

また咳き込み、おしぼりを口にあてる。

「たとえば、『去年、君にお金を貸してたから返してくれ』とか嘘ついて、騙し取ろうとするとか……」

「なんでぼくが……」

またむせる。

けど、まだ油断できない。これも演技かも。

少しすると彼が落ち着き、口にあてていたおしぼりをテーブルに置いた。

「なんでそんなこと思ったの」

「過去に会った形跡がないから。家中の写真も卒業アルバムもスマホのメモリーも調べたし、仲のいい友達も知らないって。あなたと親しくなってたら、絶対その子には言ってるはずなのに……だから、わたしの噂(うわさ)を聞きつけた詐欺師(さぎし)だと思った」

「その友達、なんて子？」

優しげな瞳で顔を覗きこんでくる。

わたしは視線を下げて、

「……栞」

「栞ちゃんに言ってないから、会ってないと思うんだ？」

「少なくとも、親しくはなかったと思う」

「言ってなかっただけかも」

わたしは首を横に振る。

彼と親しくなかったと思う理由は、会った形跡がないことと、栞に話していないことだけじゃない。今日だけでもいくつも怪しい行動がある。ついさっきも、もうひとつの理由ができた。

「そもそも——これを渡すのがおかしい」

と、わたしは九本の赤い薔薇を指さす。

「これ？」

「わたし、薔薇が大嫌いなの」

「え……？」

彼は目を見張り、

「そうなの？」と静かに確認してくる。

なぜそれほど驚くのか謎だったけど、彼には重要そうだったので理由も話すことにした。

「子供の頃に棘で怪我してから、見るだけで寒気がするの。わたし花屋で働いてるんだけど、今日も代わりに包んでもらって——」

彼が両手で頭を抱え、下を向いていた。

すごく落ち込んでいるっぽい。たとえるなら、サッカーのワールドカップでＰＫを外した選手みたいだった。

「あの……」

「あ、ごめん。ちょっと待って……」

　彼は急にポケットからケータイを出し、文字を打ち始める。打ち終わると、ケータイをポケットに入れて、気持ちを切り替えるように背筋をピンとさせた。

　また、彼が詐欺師だという疑惑が深まる。しかも、女性ばかりを狙う詐欺師。

「で、ぼくを詐欺師だと?」

　わたしはうなずき、

「当たってても、言わないと思うけど……」

　すると彼は、急に真面目な表情を見せ、

「違うよ」と言う。

「ぼくが詐欺師なら、なんで君を選ぶの?　騙し取るほどの大金を君が持っているかもわからないのに」

　そうとは限らない。

　わたしの体質を知っているなら、当然、両親の他界も知っている。当面の生活に困らないほどの生命保険金がおりたことも知ってるかも。

　けど、今そのことを言っても「そんなこと知らなかった」と言われるだけだ。

「それじゃ、わたしが記憶を失っている期間に働いてた、バイト先の店長さんとか?」

栞の話によると、わたしは記憶を失っている間に、フラワーショップ栞以外にもいろいろなアルバイトをしたらしい。

でも、自分の体質を知っているわたしが、職場で新たな人間関係をつくるかという疑問はやっぱり残る。後から面倒になることは目に見えているのに。

彼がタコみたいに口を突き出して言った。

「ブー、不正解」

まあ、これはないか。職場で仲良くなった人がいるなら、やっぱり栞には言っているはずだ。

「じゃ、誰？」

無表情で訊くと、彼は口角を上げ、背もたれに背中を預ける。

「いろんな可能性があるよ」

「たとえば？」

「誰にも言えない——恋をしてたとか？」

急に色っぽい眼差し(まなざ)しを向けられる。

「具体的には？」

「そうだな……女友達の彼氏や、結婚している人を好きになったりとか……」

「それだけは絶対にない」

「なぜ？」

「二股（ふたまた）するような卑怯（ひきょう）な人、一番嫌いだから」

するると彼は微笑し、

「……ごめん、悪い例だったね。君はそんなことしてないよ。少なくとも、ぼくの知っている範囲では」

真剣に言う。

その瞬間、少しほっとした自分がいた。

この人がわたしのそういう相手だったという可能性はゼロじゃないのだから。

「ぼくもそういうのは嫌いなんだ。だいたい――二股なんて愛じゃない」

その声には、真っ直ぐ信じて疑わないような力強さがあり、そのひと言に彼の哲学が凝縮されている気がして、少し先を聞きたくなってしまう。

「どうして？」

彼に見つめられる。

「愛は、たったひとつのものだから」

大真面目な顔で言う。

ふいにキザなことを言われ、一瞬、ドキッとしてしまう。動揺を悟られないためにすぐに怪訝な表情で返した。

「そんなキザなこと言ってて恥ずかしくない？」

と、彼は急になにかに気づいたような顔をして、焦ったように、

「誰にでも言うわけじゃないよ！　君だから言うんだ」

ムキになって言ってくる。

——嘘くさい。

「やっぱりわたしの噂を聞いた、女性ばかりを狙う詐欺師でしょ？」

「だから、どうして……」

「今日だけでも怪しい行動がいくつもあった。ここに来る途中に何度もケータイチェックしてたし、さっきもメール打ってたし。何人もの女の人と連絡とってるからでしょ？」

「いや、あれは……」

そこまで言って口を閉ざし、また両手で頭を抱えて下を向く。

見た目も小奇麗で高そうな時計もつけていて、気のあるようなことやキザなことも自然に言うし、自信満々で薔薇の花も渡してくるし、いかにも女慣れしてそうに見える。

彼が困ったような顔を向ける。

「……とにかく、ぼくは詐欺師じゃないし、君と前に会っていることは確かだよ」

「証拠ないし。記憶障害のことも腕時計のことも、どこかで聞いたのかも。それに、わたしの家や仕事先に盗聴器をしかけてるかもしれないし」

「それって……本気でストーカーだと思ってるってこと？」

眉間にしわを寄せ、深刻な顔で訊いてきた。

「その可能性もあると思ってる」

わたしは冷静に言う。

「……」

彼はしばらく、なにかを考えるような素振りを見せた後、

「それなら、詐欺師やストーカーじゃない証拠を見せるよ。財布出して」

「財布？」

わたしが疑惑の目を向けると、

「君がどれだけお金を持ってるか、確認するわけじゃないよ。ただ、出してほしいだけ」

会話の流れから見ても、その『証拠』と関係する話だと思ったから、バッグからしぶしぶ財布を出した。

「これから君の財布に入っている大切なものを言い当てる。もし当たっていたら、それを見せて」

彼は、マジックを始めるように、ジャケットの袖を肘までまくり上げた。

「いい？」

勢いに押されてうなずくと、わたしの頭上に掌をかざして目を閉じ、超能力で心を読む

ような素振りを始める。

「君は——財布の中にあるものを入れてる。それは——一枚の写真だ」

なんで——。

このことは、栞も知らない。誰かに話したこともない。

「それは——君が——ミスコンで優勝したときの写真だ」

わたしは目の前の出来事を理解できず、ただ唖然(あぜん)とした。

彼が静かに目を見開く。

「当たってたら、出す約束だよ」

わたしは財布から写真を出す。

そこには、『ミス浜松』のタスキをかけ、恥ずかしそうに笑っている十九歳のわたしがいた。

「ね？」

彼は、誰も知らないはずの秘密まで知っている。ということは、「この三年のうちにかなり親しくなった人物」の可能性が高い。わたしが写真のことを、ただの他人や知り合いに言うとは思えない。

「気になることがあれば答えるよ。ぼくの正体に近づけるかもしれない」

そう言って、微笑む。

「なんでも？」

「直接的なもの以外なら」

なぜ親しくなったか、どこで会ったか、とかはダメってこと。でも、訊きたいことはたくさんある。

「どんな仕事してるの？」

「どう見える？」

楽しげに訊き返してくる。

女の子っぽくて面倒だと思ったけど、いくつかは頭をよぎっていたので訊くことにした。

「ＩＴ社長」

「ブー。なんで？」

「お金持ちっぽいし、チャラそうだから」

「……イメージ悪くない？」

「別にそういうつもりで言ってない。けしてよくもないけど」

彼はため息をついてうつむき、暗い声で話し始めた。

「お金はそんなにないよ。昔はちょっと持ってた時期もあったけど……」

どういう意味だろう。それだけじゃ見当もつかない。

彼は気分を切り替えるように「よし」と言って、

「仕事の話はこれで終わり」

笑顔を見せる。

昨日も今日も、彼はよく笑う。

「もう？」

「違う職業を言い続けられたら、いつか当てられるよ。ほかのジャンルの質問は？」

「……どこに住んでるの？」

「あぁ、家か……」

今度は答えるのを少しためらっている様子。一瞬、ヒントが隠されていると思って急かした。

「直接的な質問じゃないでしょ？」

「……まぁ、そうだね。頭陀寺」

「ホントに？　バスでよく通る。今日も浜松駅まで来るときに通ったし」

『浜松市　頭陀寺町』のバス停は、『掛塚さなる台線』で、わたしの家の近くにあるバス停も通る。わたしは運転免許も持っているし、車で花の配送もよく行くのだけれど、昔からバスに乗るのが好きだから浜松市内に行くときはいまだにバスによく乗っている。

この共通点から正体を突き止められるかも。

「帰るときは、バスターミナルの八番？」

「まあ」

「同じバスに乗ってたことがあるかも」

「バスはあまり使わないから。あ、ぼくも質問していい？」

急に訊いてくる。

質問していいと言ったわりにはたった二つで終わってしまった。

「……別にいいけど」

「趣味は？」

変な質問。

写真のことを知っているのに、こんなことも知らないなんて。彼はどこまで知っているのだろう。たとえば、体質のことは……。

「わたしが何度記憶をなくしてるか、知ってる？」

「……三回」

合ってる。

真面目な顔で静かに言ったその様子は、わたしを気遣ってもいるようにも見えた。

「本当にわたしと会ってるの？」

思わず口にすると、

「探偵に調べてもらったかも」

今度は、場を明るくさせるために冗談で切り返す。

——彼と、会ってるかもしれない。

そんな思いが芽生える。

わたしは戸惑いつつ言う。

「趣味は……お城巡り」

「へぇ」

たいてい「そう見えない」と驚かれるから、少し拍子抜けした。

「どのお城が一番好きなの？」

そう訊かれて、この話題を続けるか迷う。

お城の話を誰かに話してもたいてい引かれる。魅力をわかってほしくて今まで何人かに話したこともあったけど、そのたびに理解されず、いつの間にか他人にわかってもらおうとすることを諦めてしまった。

黙っていると、彼が口を開く。

「……ぼくは、苗木城かな」

「えっ？」

「ドーンとした石垣がいいよね。山の岩をそのまま組み込んでるんでしょ？」

岐阜県中津川市の苗木城。

巨大な自然石を城壁に取り込んだ個性的な山城。建物は復元されていないけど、当時の基礎は残っていて、加工されていない巨岩と人工の石垣との美しい組み合わせを見られるマニア向けのお城。

「お城、詳しいの?」

「詳しいってほどじゃ……好きなお城はいくつかあるけど。君の好きなお城は?」

彼とは会話が成立するかもしれない。そう思って考える。

「……それぞれにいろんな魅力があるから、ひとつに決められない」

「なら、実際に行ってみて、すごいなって思ったところは?」

それはすぐに思いついた。

「茨城の小幡城。知ってる?」

「名前だけなら。お城マニアに人気なんだよね?」

「そう。水田に囲まれた山にあるんだけど、一歩入ると巨大迷路みたいになってるの。入った敵を攪乱させるために、進んでも進んでも同じような景色が見えるように造られてて」

「すごいね」

興味津々な顔で言う。

「今はもちろん道案内の看板があるけど、なかったら絶対に迷う。ぜんぶ見るのに二時間もかかったから」

「楽しそう。この近くなら、どこが好き？」

わたしは迷わずに答える。

「浜松城。今年だけで三回も行ってる」

「野面積みの石垣？」

「うん」

わたしは自然と笑顔をこぼしていた。

「自然石でつくられているけど頑丈なの。四百年も雨風に耐えてきたなんてすごいと思う」

「見た目は脆そうなのにね」

短い会話だけど、お城のことをこれだけ誰かと話したのははじめてかもしれない。

嬉しいような恥ずかしいような、ワクワクする感情が湧き上がっていた。

「お城のどんなところが好きなの？」

彼に訊かれ、自然と答える。

「なんか……本物っぽいところ」

ほかにも好きなところはたくさんあるのに、なぜかそのことを先に言ってしまう。言葉

が足りなかったかなと思ったけれど、彼はすぐに、

「わかる。古いものって、なんだか本物っぽい」

そう答える。彼の言葉に妙に納得してしまった。

そう。古いものは本物っぽい。

変に加工されていなくて、シンプルで、最小限の要素で構成されている。お城の魅力はたくさんあるけれど、一番好きなところはそこかも。

すぐに理解されたことで、親近感のようなものを覚えた。

「好奇心が強いんだ？」

「そんないいものじゃなくて……」

わたしは自己分析をしながら続ける。

「たぶん、人付き合いが苦手だからひとりで楽しめるものに目が行くっていうか、興味の範囲も狭くて深くて、逆に流行りのテレビドラマなんかはぜんぜん詳しくない」

「学生時代に苦労した？」

わたしは目で、どういう意味？　というふうに訊く。

「君、綺麗だから。周囲のイメージと本当の自分のギャップに悩んだのかなって」

「……別に綺麗じゃないけど、苦労はしたかも。冷たそうとか、なに考えてるかわかんないとか、いつもクールに見られて。甘いものが好きって言うと意外って言われたり。その

うち面倒になって友達つくるのやめたの。だから仲が良いのは、ずっと栞だけ――」

そこまで話し、饒舌（じょうぜつ）になっていたことに気づいて恥ずかしくなる。

けれど彼は「ふーん」と普通にうなずき、

「なんでそんな子がミスコンなんて出たの？」

質問の意図がわからなくて、「え？」と訊き返す。

「いや、ミスコンって見た目だけで優劣を決めるでしょ。いかにも本物っぽくないっていうか。人前にも出るし、君は嫌いそうだなって」

そういうことか、と理解したわたしは、まだ普通に生きていた頃の、十九歳当時の記憶を掘り起こす。

「大学一年のとき、栞が勝手に応募したの。けど書類選考に通って連絡が来たとき、最初は恥ずかしいから断った」

「でも、気が変わった？」

「それは――」

ふと、嫌な感情が湧き上がってきた気がして、話を進めることを躊躇する。

「どうしたの？」

心臓の音が大きくなっていく。

トキメキとか高鳴りとかじゃなくて、不安や恐怖。胸に圧迫感を感じて息が苦しくなっていく。

なにこれ。

わたしが焦っていると——

「お待たせしましたー」

二人の店員さんが、わたしたちの注文したうなぎ茶漬けを持ってきてくれた。

テーブルにお盆を置いた店員さんは、「説明してもよろしいですか？」と彼に訊く。

わたしから目を離した彼は、「はい」と答える。

大きめのお盆の上に、うなぎご飯の入ったおひつ、肝のお吸い物とつけものと薬味、お茶の入った土瓶（どびん）とお茶碗（ちゃわん）が置かれている。

店員さんに食べ方の説明をされているうちに、わたしの胸の鼓動は徐々に収まり、落ち着いていった。

説明が終わると、彼に「食べよっか」と言われ、わたしは「うん」と答えた。

さっきの動悸（どうき）はなんだったのだろう——。


うなぎ茶漬けを食べた。

一杯目はうなぎとご飯をお茶碗によそって、そのままうな重風に味わう。

東京でもうなぎを食べたことがあるけれど、やっぱり本場の浜松のほうが肉厚で断然美味しい。あっさりした醤油だれの味付けもくどくない。

二杯目はうなぎご飯にお茶をかけて食べた。

美味しすぎて、言葉が出てこなかった。

ただのお茶だと思ってたけど、薄めのお茶にこんぶだしが入っている。お茶のあっさりとした渋みと、うなぎの程よい脂と醤油だれがとても合っていた。

「美味しい……なにかを食べてここまで感動したの、はじめてかもしれない」

彼がわたしの顔をしばらく見つめていた。

「どうしたの?」

「いや、ぼくも同じこと思ってたから」

わたしを見ながら、ほっとしたように頬をゆるませる。

「……よく来るの?」

「まあね。早く連れて来たかったんだ」

早く?

また疑問が浮かぶ。早く連れて来たかったなら、なぜ彼は、わたしが記憶を失った三ヵ月後の今になって現れたのだろう――。

九時過ぎ、わたしたちは店を出た。

「次のデートは明後日にしよっか。予定はある？」

「……ないけど」

「じゃ、また連絡するね」

「……ごちそうさまでした」

頭を下げたわたしは、駅の構内に向かって歩き始めた。

いつの間にか自然と会話していた。

はじめて小林先生と会ったときよりも話しやすかった。

振り返ると、彼がまだわたしを見送っていた。

「ねえ！」

わたしは彼に向かって声を出した。

「なにー？」

「ヒントちょうだい。あなたが誰なのか、早くたどり着けそうなヒント」

彼は軽く笑った。

「ヒントは……もう出してるよ」

「どういうこと？」

「一ヵ月もあるんだ。ゆっくり考えて」

そう言って、彼は歩いていった。

わたしは彼と会っている――。
このときは、まだそれしかわからなかった。

天津真人の日記

今日、彼女とはじめてデートした。

待ち合わせ場所の浜松駅の北口に行く途中、たまたま通りかかった花屋の前で、赤い花が視界に飛び込んできた。

薔薇の花。

美しくて、可憐で、凛としていてプライドがあって、ぼくのイメージする彼女にピッタリだった。

ぼくはその薔薇を買うことにした。

誰かに花を贈るのははじめてだったから、店員さんに花言葉を訊いてみた。

赤い薔薇の花言葉は、「愛情」「情熱」「あなたを愛します」。

意中の女性に贈るのにピッタリで、贈る本数にも意味があるそうだ。

いろいろと聞いて、「いつも一緒にいよう」という意味の九本にした。

彼女と本当にそうなれたら、最高だと思ったから。

考えるだけで、胸の奥が喜びで満ち溢れた。

そしてこのとき、ぼくの中に覚悟のようなものが生まれた。

どんな障害があろうと関係ない。この先、なにに邪魔をされたとしても、ぼくはこの恋を成就させてみせる、と。


待ち合わせ場所にやってきた彼女に、しばらく見とれてしまった。

彼女がぼくとデートしてくれる。そんな現実をしばらく信じられなかった。


ぼくたちは駅前の有名なうなぎ屋に行った。

浜松に引っ越してから五年も経つけど、一度も行ったことがなかった。

彼女もはじめて来たと言っていた。けど、すぐに「忘れてるだけかもしれないけど」と言った。

明るく振る舞っていたけど、哀しさを隠しているとわかった。

彼女の苦しみをすべて拭ってあげたいと思った。

席についてすぐ、彼女に薔薇の花を渡した。

料理を待っている間、いろんな話をした。

彼女の趣味はお城巡りで、「本物っぽいところが好き」と言うから、同意した。ぼくも本物っぽいところが好きで、古いものばかり使っているから。

人見知りで、生きづらさを感じていた彼女は、自虐的に過去を話していたけど、ぼくにはとても強くて聡明な人に見えた。

そのままの自分で生きることは、すごく難しいから。

彼女に友達が少ないのは、周囲の賞賛や偽物の価値観に惑わされないから。

ぼくは自分の弱さを隠しながら、本当の自分がばれないように、必死で違う自分を演じてきたから、その潔さが痛いほどわかった。

はじめて食べたうなぎ茶漬けは最高だった。

彼女は言った。

「なにかを食べてこんなに感動したの、はじめてかもしれない」と。

本当に楽しいデートだった。

千鳥さん、今日はありがとう。

二〇一七年　五月二日

午後一時過ぎ、わたしは聖華浜松病院で小林先生の主宰するグループカウンセリングを受けていた。

グループカウンセリングとは、同じ症状を持った患者が数人集まり、ひとりずつ順番に悩みを打ち明けていくというもの。

同じ苦しみを持った人の話を聞くことで、「自分はひとりじゃない」と思えて孤独感から解放され、問題解決の糸口を見つけられる効果があるという。

小林先生によると、わたしはこのグループカウンセリングを一度目の記憶喪失直後に受けたことがあるそうだ。

その話を聞いていたから今年は行くつもりはなかったけど、今日は先生に別の用もあったし、自分のためになるかと思って受けてみることにした。

参加者たちは、ときどき記憶がぶつ切れになる人や、数年分の記憶が突然なくなった人、特定の人物に関する記憶だけが抜け落ちた人など、様々な記憶障害を抱えていた。

やっぱりわたしには合わなかった。

参加者たちは今にも死にそうな顔で後ろ向きなことばかりを言う。

それを聞いていると、「そんな小さいこと気にするな」とか、「死ぬわけじゃないんだし」とか思ってしまって、イライラしてくるのだ。

先生の話によると、はじめて記憶喪失になった直後に初参加したときは特にひどかったそうで、わたしは自分の話す順番になったときに、散々参加者たちに怒りをぶつけた後、最後には「こんなところ、二度と来ない！」と言い放ったそうだ。

幸い今回は堪(こら)えることができたけど、最低な女だ。

ただ、そう言ってしまった過去のわたしの気持ちもわからなくもない。こんな体質になったからって後ろ向きなことばかり言っていたくはない。

人は、前だけを向いて歩くしかないのだから。


グループカウンセリングが終わった後、わたしは本来の目的を果たすために小林先生を遅めのランチに誘った。

天津真人と過去に親しくなっていたとしたら、彼がお見舞いに訪れているかもしれない。その可能性を探りたかったのだ。

わたしが聖華浜松病院に入院したのはこれまでに四回。

一回目の入院は交通事故の直後で、二回目から四回目の入院は、記憶喪失後の検査入院だった。

一回目は、二〇一四年一月二十七日～（大学二年の二十歳・交通事故の直後）
二回目は、二〇一五年一月二十五日～（大学三年の二十一歳・一回目の記憶喪失）
三回目は、二〇一六年一月二十日～（大学四年の二十二歳・二回目の記憶喪失）

四回目は、二〇一七年一月二十三日〜（卒業後の二十三歳・三回目の記憶喪失）

四回目の入院は三ヵ月前だからまだ覚えている。病院に彼が来ているとしたら、一回目から三回目のどれか。

わたしには男友達と呼べる人はひとりもいないから、会いに来ていた男性を先生が見ていたら印象に残っているかも。

先生の返答によっては本当に彼と親しかったと判明する。

と、思ったのだけど——

「そんな人、見たことないなぁ」

病院の近くにあるパスタ屋で、先生はそう言った。

「ホントに？　スラッとしてて、ちょっと癖っ毛で、こう、切れ長の目で……」

「千鳥ちゃん、どうしたの？」

隠しながら探るのは難しそうだったから、しかたなく事情を話すと、先生は「へえ」と感心し、わたしに訊いてきた。

「君は、どう思ってるの？」

「……会ってると思う」

「なぜ？」

「わたしに詳しいっていうのもあるんだけど……嫌な感じがしないの。上手く言えないけど、なんとなく信用できるみたいな」

先生は深くうなずいた。そして、

「彼が君と会ったことがあるという話は、本当じゃないかなぁ」

窓の外を見ながら微笑んだ。

「どうして?」

「記憶障害には、いろんなものがある。君の場合は約一年に一度、しかも自然に治るかもしれない心因性の症状は、比較的軽いケースなんだ」

「知ってる。『メメント』の主人公は、十分間しか記憶できないんでしょ?」

二〇〇〇年のアメリカ映画『メメント』。

十分間しか記憶を保てない主人公が、妻を殺した犯人を探していく復讐劇。先月、「自分のことを客観的に見られるかも」と、栞に薦められて鑑賞した。

「そう。でね、数年前に学会でドイツに行ったとき、五十代の男性が交通事故に遭って、三分間しか記憶を保てなくなった症例を知った」

「三分って……普通に生活できるの?」

「そこまでになると他者のサポートが必要だ。幸い彼には奥さんがいたから、彼女がその役割を担うことになった」

「大変そう」

「しかも、彼は過去数十年分の記憶も失ったから、その奥さんのことすら忘れていた。大会社の社長で偏屈な性格でも有名だった。もともと心を開いていたのは奥さんにだけで、会社の部下も家のお手伝いさんも何人もクビにしていたそうだ」

　最悪の事態を想定してしまう。

「じゃ、奥さんは……」

「うん、周囲は心配したよ。彼は奥さんに『誰だお前は！　なんで俺の家にいるんだ！』って当たり散らすんじゃないかって。実際は、どうなったと思う？」

　わたしは希望の意味も込めて言う。

「奥さんを思い出した？」

　先生はかぶりを振った。

「残念ながら思い出さなかった。けど、拒まなかったんだ。それどころか、奥さんに素直に世話になった」

「忘れちゃったのに？」

「感情が覚えていたんだ。ぼくの予想だが、彼は記憶を失う前、奥さんに信頼や安らぎのようなものを感じていた。その感情だけは残っていたから拒まなかったと思う」

「なんとなく、ってことか……」

「それを記憶と呼ぶのは違うかもしれない。でも、記憶障害の人が、忘れてしまった親しい人を拒まないという事例はいくつもある」

天津真人のことを思い出す。

「わたしも？」

「うん、特に君みたいな――」

先生は、言いにくそうにわたしを見た。

「人見知り？」

「そう。警戒心の強い君が、知らない人とそんなゲームしないいんじゃないかな。親しかったから嫌な感じもしないし、話しやすいのかも」

「もしそうなら、なんで彼は過去のことを黙ってるの？」

「それはわからないけど。とにかく悪い人ではない気はするよ」

たしかに、彼には先生と同じものを感じる。

理由はわからないけど、敵ではなくて味方のような気がするというか。あくまで印象だけの話だけど。

わたしたちが店を出るとき、母親と一緒にレジに並んでいた小さな女の子が、「ハゲー」と言って先生の頭を指さした。すぐに母親が「こらっ」と女の子を叱り、「すみません」と頭を下げてきた。

先生はにこにこして「いいですよ」と言っていたのだが、店を出た途端、手鏡を取り出して髪の毛を確認していた。

午後四時過ぎ、バスに乗って浜松駅に着いたわたしは、バスターミナルの一番乗り場に向かった。

天津真人との二回目のデートをするためだった。

待ち合わせ時間は五時。場所は浜松市内で最も人気の遊園地、浜名湖（はまなこ）パルパル。

本当は昨日会う予定だったのだが、待ち合わせ時間の二時間前に彼から「今日のデートは中止にさせてほしい」とメールが来て、その数時間後にまた、「明日に延期したい」とメールが来た。

わたしは昨日も今日も仕事が休みだったので、時間と場所はそのままで今日に変更することになったのだ。

スマホのアプリを使ってバスの時間を調べると、十分後のバスに乗車すれば五時より少し前に現地に到着すると判明した。

スマホをしまおうとしたとき、栞から電話がかかってきた。

出ると、

「千鳥、今どこー？」

「浜松駅。今からバスでパルパルに行くところ」

「今日になったの？　つーか、行ってんだ？」

嬉しそうな声。

昨日、天津真人から「中止にさせてほしい」とメールがあった後、ちょうど栞から電話があった。中止のことを伝えたら、「ドタキャンされて怒ってない？」「もう会わないとかないよね？」などと、わたしの機嫌をやたらと気にしていた。

そのときわたしは「別に怒ってない」と言っていたのだけど、その後、どうなったのか気にしていたようだ。長年わたしに彼氏がいないから、なにか始まる可能性もあると思って期待しているのだろう。

「なんだかんだ言って、けっこう彼に興味あるんじゃない？」

「ないわよ。時計を取り戻したいだけ」

「えー、そうなのー」

残念そうにそう言った栞は、少し沈黙する。

その間が気になったわたしは、

「どうしたの？」

と訊くと、

「今、思ったんだけどさ――」

栞はあることを話し始めた。

そして、電話を切った後、栞に言われたことをすぐに実行したわたしは、なんなく彼が何者なのかわかってしまったのだった。


「おーい」

バス停で降りて少し歩くと、浜名湖パルパルの入り口で手を振る彼を見つけた。

彼のもとまで行くと、

「遅いよ。十分も遅刻」

口を尖らせ、不機嫌そうなしわを眉間につくっている。

「……ごめんなさい」

謝ると、彼はその返しが予想外だったのか、困惑したような顔をして、

「冗談だよ。こっちこそごめん、急に日程を変更してもらって……」

手を合わせて頭を下げてくる。

軽い人だと思っていたから、その真面目な素振りが少し意外だった。

顔を上げた彼は、

「でも、千鳥さんが遅刻なんてめずらしいね」

と微笑む。

時間にうるさいわたしの性格も知っている。それが伝わった。

「……スマホで調べてたら夢中になって、一本乗り遅れたの」

「調べてた?」

「とりあえず、どこか座らない?」


二人で浜名湖パルパルに入った。

園内は大勢の人で賑わっていた。

それにしても、なぜこんな遠い場所を選んだのだろう——。

浜松駅からここまで三十分。わたしの家がある磐田市からだと合計一時間くらいかかる。ちょっとした遠出。二回目のデートとしてはどう考えてもふさわしくない。

個人的には遊園地は大好きなんだけど。

歩いている途中、視線を感じて横を見ると、彼がわたしの顔をジーッと見ていた。

「なに?」

「いや、かわいいなって思って」

「からかってるの?」

わたしがムッとすると、彼は、

「ち、違うよ。ホントにそう思ったから」

と恥ずかしそうに目をそらした。

園内で飲み物を買い、観覧車近くのテラス席に座った。

わたしが早速、『調べていたこと』を話し始めようとすると——

「アイテテテテ……」

彼がお腹をおさえてうずくまる。そして、

「ごめん、トイレ……」

そのままますごい勢いで走っていった。

体をかがめて走っていくその姿がかなり格好悪くて、思わず吹き出してしまった。

数分後、彼が戻ってきた。

「ごめん」

と椅子に腰掛け、すっきりとした表情をわたしに向ける。

けど、よく見ると顔色が悪い。ちょっと白っぽい肌色。テーブルの上に置かれていた彼の右手が、小刻みに震えていることにも気づいた。

「……大丈夫?」

わたしの視線に気づいた彼が、お腹をさすりながら、

「昨日の午前中に食べた生牡蠣が当たっちゃって……ちょっと寒気もするんだ」

「それで日程をずらしたの？」

「まあ」

「帰ったほうがいいと思うけど」

「大丈夫。病院に行って薬もらったし、たいしたことないって言われたから」

満面の笑みを見せる。

「で、千鳥さんの調べ物って？　ぼくへのプレゼントとか？」

明るく訊いてくる。

「……違うけど」

突き放すように言った。

「千鳥さん、その冷たい口調やめようよ。前はもっと普通に話してたよ、ぼくたち」

そう言われて、ある疑問が湧いた。

「わたしたちが知り合いだとしたら、前もそんなふうに『さん』付けで呼んでたの？」

彼は難しく眉を寄せ、「あぁ、それね」と答え、

「ぼくも気になってたんだ。馴れ馴れしく呼ぶのもどうかと思ってたんだけど、ずっとさん付けもなんか嫌なんだよね」

と腕を組んで考え込む。

言わんとしていることはわかる。

彼とはまだ三回しか会っていない他人だけど、仮にわたしと親しかったとしたら、千鳥「さん」ではなくもっとくだけた呼び方をしていたかも。だとしたら、今はかなり違和感があるはず。

彼はなにかを思いついたように「あっ」と言う。

「期限の日まで、だんだん呼び方を変えてもいいかな？　たとえば、今日からは千鳥『ちゃん』。もう少ししたら、別の呼び方にする。なるべく自然にやるから。いい？」

呼ばれ方には特にこだわらない。

そもそも彼のほうが年上だから呼び捨てでもいいし、なんでもいい。まあ、小学生の頃にわたしを「千鳥足」って呼んでふらつきながら歩いてきた男子に激怒した覚えはあるけれど。

「好きに呼んでくれてかまわない」

わたしは平然と言った。

「いつか、呼び捨てになっても？」

「ぜんぜん平気。そんなことより、わかったの」

「なに？」

「あなたの正体」

彼が目を丸くする。

わたしはスマホを出して、

「これ、あなたでしょ?」

彼のインタビュー記事が映っている画面を見せた。

「……ばれちゃったか」

彼が微笑する。

「すごいのね。話題の恋愛小説家だって」

顔写真とプロフィールも載っていた。

東京都出身の一九八五年生まれ。現在三十二歳。もっと若く見えたけど、わたしより九つも年上だった。

「やっぱり有名人だった」

彼が「なに?」という顔をする。

わたしは、「ううん」と軽く答える。

はじめて会ったときから、どこか一般人っぽくないとは思っていた。他人から注目されてきたから、外見や振る舞いに気を遣っているのかも。

「ヒントはもう出してるって、名前のことだったんでしょう?」

「まあ……いつ気づいたの?」

「さっき。ネットで名前を調べてみればって栞に言われて」

彼が背もたれに背中を預け、

「思ったより早く気づかれたな」

やられた、というような顔をする。

「そう？　小説が好きな人ならもっと早く気づいたと思うけど」

「ぜんぜん読まないんだ？」

「全く読まないわけじゃないけど、そこまでは。映画のほうがまだ観るかも」

と言っても、大好きというほどじゃない。栞が年間数百本の映画を観る映画オタクなので、たまに強引に映画館に付き合わされるのだ。

と、目の前の観覧車が視界に入り、ある情景が浮かぶ。

「……」

「どうかした？」

彼の問いかけで、はっと我に返ったわたしは口を開く。

「映画のワンシーンを思い出して——好きな映画って少ないんだけど、それは特別」

栞から以前借りたＤＶＤ『きみに読む物語』。すごく感動したのを覚えている。

「どんなシーン？」

「主人公の男性が遊園地で思いを寄せているヒロインをデートに誘うの。しかもそのヒロインが別の男性と観覧車に乗ってる最中に。二人を乗せたゴンドラの目の前の鉄棒にぶらさがって」

「……すごいね」

「でしょ。しかも、彼女がデートを拒むと、今度は片手を離して同じように誘うの」

「デートしないと落ちるぞってこと？　脅迫だよ、それ」

「そう、脅迫」

彼が微笑む。

「けど、やがて彼女は彼の自由なところに惹かれて付き合い始める。実は彼、自分のことより彼女のことを思うような純粋な人で、彼女の将来のために別れを選ぶの。その後も……」

――まずい。

涙腺がゆるんできたことに気づき、急いで気を張って持ちこたえようとする。

「……話がそれちゃった」

笑ってごまかす。

この映画の話をすると、わたしはすぐに泣く。名前と職業しか知らない人の前では涙を見せたくない。

瞳がちょっと潤んだかもしれないけど、ばれてはいないだろう。

気持ちを切り替えたわたしは、明るく切り出す。

「三冊目の小説、ヒットして映画化もされてるのね。いろんなことが腑に落ちた。だからキザな言葉もやたら使うし、お金持ちそうに見えたんだ」

彼が苦笑いを浮かべる。

「けど、まだ賭けは終わってないよ。どんな関係だったか、どうやって知り合ったかわからないと」

「そう。小説家がなんでわたしと知り合ったの？」

「だから、直接的なのは答えないって」

そもそも、なぜこんな有名な小説家が静岡の田舎町に住んでいるのだろう。

インタビュー記事には「映画化決定！　五十万部突破の大ヒット作」と書かれている。こんなに売れているなら都心に住んでそうだけど。プロフィールにも『東京都出身』って書いてあるし。印税をもらってあくせく働く必要もないから、落ち着く田舎暮らしを選んだのだろうか。

「印税って、どれくらいもらったの？」

「たしか、一〇パーセントかな？」

小説を一冊千五百円と仮定して計算してみる。

「一冊売れると百五十円で、五十万部だから……七千五百万⁉」

ベストセラーになった後に映画化されてるから、たぶんもっと売れている。

「税金でかなり引かれたけどね。それに、その貯金もずいぶん減ったよ」

その言葉には真実味があった。

三冊目が発売されたのが、二〇〇九年。でも、バスでここまで来る間にネットで調べたら、彼はこの作品以降、新作を発表していないようなのだ。

「新作、ずっと出してないの？」

「たまにエッセイの仕事はしてるけど、小説はね」

「どのくらい？」

「その本以降だから、八年？」

「八年って……わたしが高一のときから？」

「まあ、スランプってやつ。でもね、やっと新作が完成しそうなんだ」

その目は嬉しくてたまらないというようにキラキラしていた。

どんな仕事か想像もつかないけど、小説を最後まで書き上げるのは一般人にはわからない苦労があるのだろう。それでも彼から切迫したものを感じないのは、きっと八年前に貯蓄した数千万のお金があるからだ。そんなふうに分析した。

「ぼくからも話があるんだけど」

急に真剣に言われる。

「なに？」

「ゲームの期限を二週間にしたいんだ。だから、五月十一日までかな？」

「……いいけど、どうして？」

「よく考えたら、一ヵ月は長いかなって。君の調査も順調そうだし……あ、二週間でわかる自信がないなら、変えなくてもいいけど」

余裕な顔を見て、イラッとする。

「二週間でいい。こっちはこんなことしたくないんだから。時計のことさえなければ……」

彼が微笑する。

「ごめんね。もう少しだけ付き合ってよ」

とりあえず、彼が小説家で、過去にわたしと会っているだろうことまではわかった。

そこまで時間をかけなくても彼の正体にたどり着けるだろう。

「そういえば、この前の話の続き、してもいい？」

なんのことかわからず、目で訊き返す。

「ミス浜松。はじめは断ったのに、なんで出る気になったの？」

不自然な話の切り替え方だった。

そしてその言葉を聞いた途端、心の中に、にごったドロのようなものが生まれ始めたのがわかった。

——この前と同じ感じ。

うなぎ屋のときも、この話になった途端に同じような暗い気持ちになった。

自分の中に蠢く不穏な感情を無視して明るく言う。

「出てみればって言われたの。両親に」

「どうして？」

明るい声で訊いてくる。

でも、無理に明るく振る舞っているような、どこかぎこちない態度だった。

「わたし、小さい頃からすごい人見知りだったから。自分を変えられるんじゃないかって言われて。自分でも、こんな機会はもうないかもと思って出ることにした」

「……そう」

と、彼が聞こえるか聞こえないかくらいの小さな声を出す。

「ご両親は、君が二十歳のときに……亡くなったんだよね？」

心の中のどす黒い感情の霧が再び騒ぎ始める。

「君は……過去を覚えていないから、今年の一月にはじめてそのことを知ったの？」

「それが？」

わたしは平静を装う。

「ご両親が亡くなっていると知って……どう思った?」

わたしの感情が不安と苛立ちでいっぱいになる。

「なんでそんなこと訊くの?」

彼はうつむき、迷うような素振りを見せる。

そして顔を上げ、

「……知りたいんだ」

真剣な顔で、静かに言う。

わたしは笑みをつくる。

「つらかったよ」

「どんなふうに?」

「つらいは……つらいよ」

「君は……泣いたの?」

しんどそうな顔で訊いてくる。まるで訊きたくなさそうに。じゃ、なぜこんなことを訊いてくるの? なんで続けるの?

「……覚えてない」

「覚えてるはずだよ」

「どうでもいいじゃない……」

「よくないよ。ご両親の死を――」

「どうでもいいでしょ！」

気づいたら、立ち上がって目の前に置いてあったアイスティーを彼に投げていた。びしょ濡れになった彼の表情を見る。

つらそうに眉を寄せ、わたしをじっと見つめていた。そして下を向き、

「ごめん」

ぽつりとそう謝った。

「わたし、帰る……」

わたしは逃げるようにして立ち去った。

わたしはバカだ――。

うなぎ屋で彼と親しかったかもしれないと思ったとき、なぜだか止まっていた時計の針が動き始める予感がした。

ほんの少しだけ、これから彼となにかが始まるような予感がして、彼がわたしの境界線を越えてくるのを許してしまった。

わたしはどこかで彼に期待していたのだ。

明るい未来に連れていってくれることを。人生を前進させてくれることを。

そんなわけないのに。

だいたい、わたしはみんなと違う。

誰かと人間関係を持ったとしても、忘れてしまうのだ。

たとえ時間が進んだとしても、すぐに巻き戻ってしまう。

わたしの時間は、もう進むことなんてない。

わたしの人生が輝くことなんて、もう二度とないのだ。


家に帰ってきたわたしは、まだ苛立ちが収まっていなかった。

手にしていたバッグを無性にどこかに投げたくなり、家の中を見回す。生まれてからずっと暮らしている小さな平屋。バッグを叩(たた)きつけられる場所も限られてくる。

壁——大きな音がしたら近所迷惑。

台所の食器棚——割れるかもしれないからダメ。

居間の本棚——これだ。

思い切りぶん投げたバッグが本棚に当たってバンッという音が鳴り、ドドドッと何冊かの本が床に落ちる。

思ったより大きな音がしたけど、これくらいなら外には音が漏れないだろう。

椅子に座り、大きく息を吐く。

少し落ち着いた気もするけれど、そこまですっきりはしなかった。

本が散乱している床を見る。

この本はほとんど亡くなったお母さんのものだ。

なんだか虚しくなる。

——片付けよう。

すぐに感情的になる癖も、怒ったらものに当たるこの癖も、いいかげん直さないと。聡明でクールな大人の女はこんなことしないはずだ。

本棚の前まで行くと、床に散らばっていた本の中に一枚の写真がまぎれていた。

笑顔のわたしが写っている。でも、右半分は本が邪魔で見えない。

胸騒ぎを覚える。

明らかに見覚えのない写真なのだ。

しかも、右半分には誰かが写っている。その人の顔は見えないけど、構図や雰囲気でもうひとり写っているとすぐに理解できた。

いつの間にか、わたしの心臓はバクバクと音を鳴らしていた。

本をどかすと——天津真人が写っていた。

少し上の角度から撮影された自撮り写真。

夕日に照らされたわたしたちは親しげに顔を隣り合わせている。

背景には海。中田島(なかたじま)？　それとも磐田市のどこか？
やっぱりわたしは彼と会っていた。
しかも、かなり親しい間柄だと考えられる。
でもなんで一枚だけ――。なんでこんなところに残してるの？
まだあるかもしれない。
そう思い、写真を手にしながら本棚を探り始める。一冊一冊、本の中も開いてみる。
と、持っていた写真の裏面に文字が見えた。
なにかが書かれている。
殴り書きのようなその短い文章を読んで、わたしは愕然(がくぜん)とする。
そこには――
「天津真人を信じないで」
わたしの文字で、そう書かれていた。

天津真人の日記

千鳥さんと浜名湖パルパルに行った。
彼女との時間は、楽しくて暖かくて幸せだった。

ぼくは年甲斐もなくはしゃいでしまった。
彼女も楽しそうだった。
観覧車前の広場で休憩しているとき、彼女の好きな映画の話になった。
『きみに読む物語』。
ニコラス・スパークス原作の小説が映画化されたもの。
目の前にある観覧車が目に入り、思い出したようだった。
主人公の男が、別の男とデートしているヒロインをナンパするシーン。
そしてその話をしている最中、彼女が泣いた。
純粋でありのまま生きている彼女の人柄がうかがえた。
彼女には、ずっとこうやって生きてほしい。
正直に、ありのままに。そのままの千鳥さんでいてほしい。
デートの最中、ふと疑問に思った。
あんな出会い方をしていなかったら、千鳥さんはどうしてたかなって。
ぼくと話してくれただろうか。
ぼくとデートしてくれただろうか。
ぼくと仲良くなっただろうか。
ちょっと反則をしたような気もしている。

だから本当は、普通の知らない男として現れて、千鳥さんと恋愛したかった気持ちもある。

こんなことを思うのは、贅沢なのかも。

彼女と会っているだけで、ぼくは幸せなのだから。

今日は、ちょっと落ち込んでしまう出来事もあった。

ぼくのせいで、彼女を傷つけてしまった。

二〇一七年　五月三日

フラワーショップ栞の戸締まりをしていると、スマホが鳴った。

ディスプレイに映った『天津真人』という文字を確認し、『拒否』を押す。

「また彼？　ガッツあるねー」

レジで売上金を計算していた栞が、呆れたように笑う。

閉店時間は六時。五分前から戸締まりをするのがわたしたちの日課だ。

「出りゃいいじゃん。もう少しで時計も返ってきそうなんだし」

冷笑しつつ睨む。

「ご……ごめん、軽く言いすぎた」

栞の固まった笑顔を見つめていると、今度はメールがきた。

【ホントごめん　天津真人】

彼からの電話やメールは、この二日で二十回を超えていた。

「悪気はなかったのよ。つい聞いちゃっただけで」

「つい？」

「ほら、作家の性ってやつ？　記憶喪失の人なんて滅多にいないから、つい知りたくなっちゃった、みたいな？」

「そうね。ただし、『つい』じゃなくて、『最初から』よ」

「どういうこと？」

栞は眉間にしわを寄せる。

「この二日、いろんな可能性を考えたの。彼とどうやって出会ったのか。なぜわたしとの間柄を言わないのか、わたしはなぜ自分に『信じないで』というメッセージを残したのか。その理由がわかった」

「マジで？」

と栞が食いついてくる。

わたしは自分の推理を話し始めた。

「彼、『やっと新作が完成しそう』って言ってた」

「あー、ずっとスランプだったってやつ？」

「そう。でも数年前、やっと書けそうな題材を見つけた。それが、〝記憶喪失モノ〟」

「……あぁ！　そういうことか！」

栞は、わたしの言いたいことがだいたいわかったようだった。

彼女は昔から勉強はできなかったけど地頭は良い。

わたしは続ける。

「はじめは順調に書けてたけど途中で行き詰まった。だから記憶喪失の人を取材しようと思った。お金を使って情報をかき集めた結果、小説の登場人物に近い女性を見つけた」

「それがあんた？」

わたしはうなずく。

「彼は『ずっとスランプだったけど、あと少しで書けそうなんだ！』とか言って、わたしにすがった。そしてなぜかわたしは、取材を引き受けてしまった」

「待って待ってー。なんであんたは取材のことわたしに言わなかったの？」

「言わないでくれって頼まれたから。『ぼくは有名人だから、情報が漏れたら困る！』とか言って」

「なるほどー、ありえない話じゃないねー」

「わたしはしかたなく協力してたけど、途中で気が変わって取材を断った。だから彼は、記憶を失ったわたしにもう一度近づいた。日記や腕時計は取材資料として彼に貸していたけど返してもらえなかった」

「すごいねー。あんたも小説家の才能あるんじゃない？」

「やめてよ」

栞はしばらく感心していたのだが、やがてなにかに引っかかったようだった。

「けどさぁ……なんで取材断った後も、わたしに言わなかったの？　もう隠す必要なくない？　日記も時計も返ってきてないし、また近づいてくる心配もあるじゃん」

「まあ、それはそうだけど……」

「それにさぁ、写真と自分宛てのメッセージも、なんで本の間なんて見つかりにくいところに入れてたの？　もっとわかりやすいところに置いとけばいいのに」

たしかに。わたしにメッセージを書いているくせに、隠すみたいに残すなんて。あのときバッグを投げなければ、ずっと見つからなかった。なにがしたかったんだ、過去のわたしは。

「……なんか理由があったんでしょ」

苦し紛れの反論だった。

栞はしばらく「うーん」と唸った後、

「まぁ、その予想通りだったとしても、また会ってみたら。あんたもまんざらでもなさそうだし」

「はぁ!? なんでそんな話になるの?」

「だって怒ってるから」

「誰だって怒るでしょ。あんなことしつこく訊いてくるなんて……」

「いや、怒るかもしれないけど、それを思い切りぶつけたっていうのが……」

「どういうこと?」

「おじさんとおばさんが死んじゃったってわたしから聞いたとき、どう思った?」

彼からされた質問を栞にもされている。

また、嫌な気持ちが胸に広がった。

「どうって……なんだかよくわからない。今もわかってないよ。昨日まで一緒にいたのに死んじゃったとか言われても。お葬式も見てないし、まだ生きてるような気がする」

そう。わたしは両親がすでにいないと知ったとき、泣かなかったのだ。

悲しいとすら思ってない。ただ、その現実を受け入れられなかった。今もそれは変わっていない。その証拠に、両親のお墓参りもまだできていないのだ。

「どうでもいい相手になら、そう言うような気がすんのよね。それか、素直にそう言えるほど彼に心を開いてないなら、冷静に『言いたくない』って言うとか。つまり、アイステイーぶっかけるほど怒りをぶちまけたのは、あんたがそれだけ彼のことを認めて――」

「なんでそんなにくっつけようとしてるの？」

わたしは栞の話を遮った。

「え、そんなことないって……」

引きつった笑顔。

ずっと彼氏のいないわたしと天津真人を無理矢理くっつけようとしている。

そう確信した。

天津真人がムカつく。

強引に天津真人とわたしをくっつけようとしている栞もムカつく。

怒っている自分もムカつく。

わたしはエプロンを外し、レジの横に思い切り叩きつけた。そして、

「帰る！」

店の外に出ていく。

「あー、ごめん、待ってよー」

栞が追いかけてくる。

と、店の前の光景に目を奪われる。

田園の細い一本道にふさわしくないブルーの外車が停(と)まっている。

夕暮れに照らされているその車は妙に画になっていて、わたしは一瞬、外国にいるような錯覚を覚えた。運転席から誰かが降りてくる。

天津真人だった。

「わたし、まだやること残ってたわ！」

栞が店に戻っていく。

彼の外見の特徴もわたしから聞いていたから、すぐにわかったようだった。

彼が歩いてくる。

わたしも店に戻ろうとするけど——扉が開かない。透明のガラス扉の向こうに栞が立っていた。

「開かない？　最近調子悪いのよ、この扉ー」

中から鍵をかけている。

「開けなさいよ！」

ドアを叩いていると、後ろから彼の低く通る声が聞こえた。

「ごめん」

わたしは無視する。そして振り返り、彼を素通りして歩いていく。

「おごるよ！」

わたしの足が止まる。

――まただ。

わたしが線を引こうとしているのに、彼はそれを越えてこようとする。

彼が続ける。

「千鳥ちゃんの好きなもの、おごるから」

わたしは振り返ってしまう。

「なにを?」

彼は顔をゆるませ、少年のような弾んだ声で言った。

「パンケーキ!」


わたしたちの乗った車は、浜松市内の国道一号線を走っていた。

ベンチシートから低いエンジン音が伝わってくる。車には詳しくないけど、外観や内装から古い外車だということだけは認識できた。

「この車、外車?」

「そう。エルカミーノっていうんだ。一九六六年製」

えへん、といった感じで自慢気に言う。

「もっと高そうな車に乗ってると思ってた」

わたしは皮肉のつもりで言ったのだが、彼はそんなことまったく気にしない様子で、

「古いのが好きなんだよ。本物って感じするでしょ？」

そう言って、オメガの腕時計をちらっと見る。

いつもつけているアンティークの時計。この腕時計もかなり古そう。

わたしの視線に気づいた彼が、

「この時計も古いよ。はじめて入った印税で買ったんだ。君の腕時計と同じで、ぼくにとって宝物のようなもの」

前にわたしの言った「お城の本物っぽいところが好き」という言葉に合わせて言ったわけじゃないと思った。

彼の持っているものが、ぜんぶ、本物っぽいから。

服も時計もこの車も、流行りを追うようなものじゃないけど、どれもちゃんとしていて、偽物やつくりものではないものに見えた。

「そのお店、どこにあるの？」

「ここ」

折りたたみ式のガラケーをカチャッと開いてわたしに画面を見せると、そこには、お店の紹介記事が映っていた。

わたしが事故に巻き込まれた年に肴町（さかなまち）にオープンしたパンケーキのチェーン店。今年はまだ一度も行っていない。

栞によると、わたしは記憶を失っている期間、何度もこの店に行ったことがあり、ここのリコッタパンケーキがとても好きだったそうだ。彼はそれを知っていたのか、あるいは、すでにわたしと一緒に行ったことがあるのかもしれない。

信号が赤になって車が止まる。

「込んでるなぁ」

彼がまた腕時計を気にする。

国道一号線が渋滞しているのは理由があった。

今日から三日間、年に一度の『浜松まつり』があるためだ。

浜松市では毎年五月三日から五日まで、この祭りが大々的に開催される。浜松市に住む人たちが町ごとに違う法被を纏い、昼は凧揚げに、夜は練り歩きに精を出す。

わたしが出場した『ミス浜松コンテスト』も、この祭りに付随したイベント。

ミス浜松のグランプリに選ばれると、浜松まつり期間中は中心街でパレードやイベントに出て祭りを盛り上げる。そして祭りが終わってからの一年間も浜松市のPR活動を行う。

この祭りにかける地元住民たちの熱意は凄まじく、「浜松まつりのために毎日仕事を頑張っている」と言う人たちも少なくない。

わたしの地元は磐田市だけど、隣の浜松市の高校と大学に通っていたから、浜松市民たちの祭りへの愛情はよく知っている。

自分の身内がミス浜松に選ばれることを誇りに思っている人も多く、わたしの両親もわたしがグランプリに選ばれたときには、恥も外聞もなく親戚中に電話していた。

そんな熱のこもったこの祭りを見に来る人も多く、毎年百五十万人前後が詰めかける。夕方からは市の中心街で、吹奏楽団などが行進する「吹奏楽パレード」が行われたり、夜には市内八十以上の町の屋台が集まる「御殿屋台引き回し」も行われるため、交通規制の影響で渋滞も起こりやすいのだ。

また、信号待ちで車が止まる。

そのとき、交差点の少し先の右手に、真っ青な建物が見えた。

わたしがその建物を見つめていると、彼に訊かれた。

「どうかした？」

「あそこ……記憶喪失になる前にたまに行ってた家具屋さんなの」

この時間はもう閉店しているけど、ショーウインドウからアンティークのソファやテーブルが見える。そういえば、今年はまだ一度も行っていない。

「また今度行こうよ」

「……」

彼を許したと思われたくなかったから、返事はしなかった。

信号が青になり、車が走り出す。

彼が途中から裏道を使って渋滞を抜けたこともあり、わたしたちはわりと早く市の中心部に位置する千歳町までたどり着いた。

有料駐車場に車を停め、車を降りて有楽街商店街に入ると、法被を着た若者でいっぱいだった。

カラオケボックスを左に曲がって肴町に入ったところで、目的地のパンケーキショップが見える。

浜松まつりの期間中だからか意外にも人は少なく、わたしたちはすんなりとお目当てのパンケーキを食べることができた。

わたしはリコッタパンケーキを注文。サイズはS。彼は同じパンケーキの一番大きなサイズを頼んだ。

数分後、店員さんが二つのパンケーキを運んできた。

テーブルに置かれた彼のパンケーキに目が釘付けになった。

すごい量だったのだ。

わたしのSサイズは直径十センチ、厚さ三センチほどのパンケーキ一枚に、バナナ一本を二つに切ったものが添えられていた。

それに対し、彼のパンケーキは大きさも厚さもSサイズの倍くらい。しかも、それが五段重ね。バナナやイチゴやブルーベリーがこれでもかというくらいごろごろと置かれていた。

口をあんぐり開けていた彼が、はっとして店員さんに訊ねる。

「これが……一番大きなサイズ？」

「はい、コラボメニューのLサイズです」

彼がテーブルの上でメニューを広げる。一番最後のページまでめくると、そこに詳しく書かれていた。

このお店のCMに出演している大食いグルメアイドルとのコラボメニューということで、通常はSサイズとMサイズしかないのだが、三ヵ月限定で特大のLサイズも販売中ということだった。

わたしはすぐに注文を決めて最後のページまで見なかった。彼にいたってはよほどお腹が減っていたのかメニューを一切見ずに「同じパンケーキの一番大きいサイズを」と張り切って注文した。その様子を見た店員さんも、すっかり彼が特大サイズに挑戦するものだと思い、詳しく説明しなかったのだろう。

彼の態度を見て察したわたしは、

「知らなかったの？」

と訊くと、彼は、

「うん……でも、こう見えて、ぼくけっこう大食いだから」

と、ぎこちない笑顔を見せた。

時計をちらっと見た彼は、ナイフとフォークを持ってもの凄い勢いで食べ始めた。そして時折、「美味しいな」とか「美味しいよこれ」とか言って不自然なほどに食いしん坊ぶりをアピールしながら、結局、わたしより早く食べきってしまった。

後半はかなりキツそうだったけど、その懸命な食べっぷりがなんだかおかしくて、途中で少し笑ってしまった。

わたしもぜんぶ食べた。

感想を率直に言うと、今まで食べた中で一番美味しいパンケーキだった。

ふわふわで軽い食感ははじめての体験。飲み物付きで二千円と安くはないけれど、それだけの価値は十分あると思った。

このパンケーキはわたしの大好物だったそうだけどぜんぜん覚えていない。はじめて食べた感動を味わえることは、この体質のいいところだ。

彼の食べっぷりが可笑しかったことやパンケーキが美味しかったことで、食べ終わる頃にはすっかり上機嫌になっていたわたしは、

「こんなに美味しいパンケーキ、はじめて食べた」

と感想を伝えた。すると彼は、

「評判の店だって聞いたから。君の笑顔が見たかったんだ」

屈託のない笑顔を見せる。

歯の浮くような台詞を照れずに真正面から言われ、恥ずかしくなってうつむく。

このとき、彼のイメージが少し変わった気がした。軽い人だと思っていたけれど、もしかしたら、思ったことをそのまま口に出す人なのかもしれない——そんなふうに考えてしまった。

——いけない。

浜名湖パルパルに行った後、後悔したばかりなのに。

わたしは他人と距離をとらなければいけない。

誰かに心を許したらいけないのだ。

彼と会うのは、あと八日。

その間、事務的にゲームをして、事務的に正体を突き止め、事務的にお別れを言って、もう二度と会わない。そうするのだ。

彼の言葉や態度になにかを感じる必要も、彼がどんな人なのかを考える必要もない。

そんなふうに頭を整理した後、顔を上げる。

彼は、腕時計を見ていて心ここにあらずといった感じだった。

そういえば、今日はずっと時間を気にしている——。

店を後にして有料駐車場まで戻る途中に鍛冶町通りに出ると、辺りはギャラリーでごった返していた。

車の進入が禁止された五車線の大通りを、各町の屋台が次々と通りすぎる。

笛や太鼓の音に、人々の練り歩く声。

その喧騒に引き寄せられたわたしたちは、自然に足を止めて祭りの光景に見とれる。ひとつの町につき数十人単位で一台の屋台を引いていく御殿屋台引き回しは、大きい町だと百人を超える人が連なる。

「あれ——今年のミス浜松じゃない？」

通りを見ていた彼が言った。

視線の先を辿ると、ミス浜松のタスキをかけた法被姿の女の子が歩いていた。

今年のグランプリに選ばれた女の子だ。

「見に行こうよ」

興奮しながら言う彼に押されて、

「あ、うん。いいけど……」

答えると、ふいに手を握られる。

恥ずかしくなるとか嫌悪感を覚えるというような感覚に陥る暇もなく、そのまま彼に引っ張られる形で、ギャラリーの中に連れられた。

人混みをかき分けて進むと、こちらに向かって歩いてくるミス浜松の女の子がはっきりと見えた。

そのとき――。

わたしはなぜか逃げ出したくなった。

「……嫌」

声を出すけど、彼は気づかない。

そのまま最前列まで連れていかれた。

大通りを進むグランプリの女の子の姿が、徐々に大きくなっていく。

無意識にここから抜け出そうと振り返るけど、人混みがすごくて出られない。

彼に話しかけようとして、

「……ねえ」

と小さい声を出すけど、彼はグランプリの子を見ていて気づかない。

なんなのこれ――。

わたしは恐怖する。

嫌だ、嫌だ、嫌だ。

逃げ出したい。

と、景色がぐにゃりと歪み始め、吐き気がしてくる。

意識が朦朧としているうちに、いつの間にか、彼女との距離があと二～三メートルほどまで近づいていた。

そしてわたしは、ある光景を目にする。

彼女を撮影するカメラマンが近くにいたのだ。

フラッシュがたかれ、ミス浜松の子が閃光に照らされる。

わたしの脳裏に、思い出が蘇る。

記憶障害になる前の記憶――。

お父さんとお母さんの顔をはっきりと思い出す。

わたしがミス浜松に選ばれたとき、イベント会場に両親が来た。

グランプリに選ばれた瞬間、お父さんは客席を飛び出し舞台のすぐ下まで来て、必死にカメラのシャッターを切っていた。

あのときもフラッシュがたかれていた。

お父さんは、「千鳥、千鳥」と何度もわたしを呼んだ。

お母さんは客席で、そんなお父さんを微笑みながら見守っていた。

少し恥ずかしかったけど、わたしはこの家族の一員でよかったと心から思えて、泣きだしてしまった。

わたしはまだ、十九歳だった。

事故の前の出来事だからたしかに残っていた記憶のはずなのに、しっかりと覚えているはずなのに、この三ヵ月ではじめて思い出したのだ。

まるでずっと忘れていたみたいな感覚だった。

お父さんとお母さんのことも、二人が死んでしまったことも、すべて忘れてしまっていたような感覚だった。

今、気づいた。

わたしは記憶に蓋をしていたのだ。

両親の死を受け入れられず、二人のことをあえて思い出さずにいた。

呆然と立ち尽くしていると――

「財布の写真、お父さんが撮ってくれたんでしょ？」

祭りの掛け声とギャラリーの喧騒の中から、彼の声だけが聞こえる。

「君は愛されていた。でも、もう二人はいないんだよ。悲しいけど、これからは二人なしで生きなきゃいけないんだ」

ずっと忘れていた感情が蘇る。

悲しみ。

その思いは涙という物質に変わり、徐々に目から溢れてくる。

「……どうして?」

言葉も自然に出てくる。

そして、気がつくと彼に訴え始めていた。

「家族旅行……成人祝いにって言われてたけど、わたし、二人にプレゼント買ってたの」

「……うん」

彼が短く答える。

わたしのすべてを受け止めようとしているように見えて感情を抑えられなくなる。誰でもいいから、誰かにわかってほしいという欲求が止められなかった。

「二人ともわたしにばかりお金使ってきて、自分たちにぜんぜん使わないから、わたし、驚かせようと思って、アルバイトして、エルメスのマグカップ買ったの」

「……うん」

あの頃の記憶があぶり出しのようにどんどん浮かび上がってくる。

「二人とも喜ぶと思って……それなのに、なんで……なんで死んじゃったの! わたしも死にたかった!」

わけがわからなかった。

悔(くや)しさ。

悲しさ。

怒り。

恐怖。

そのぜんぶかもしれない。

とにかくお腹の中にずっと溜まっていた嫌な感情を、ぜんぶ吐き出したかった。

「これから親孝行しようと思ってたのに、もっと一緒に過ごそうと思っていたのに……なんでわたしだけ助かったの！　わたしも死にたかった！　これからどうやって生きていったらいいの！」

わたしは、彼の胸に顔をうずめ、怒るように泣いた。

幼い子供のように声をあげて、大声で泣きじゃくった。

泣いて泣いて、声がかれるまで、気が済むまで泣いた。

泣き止むまで、彼はずっと黙ってわたしを抱きしめていた。

天津真人の日記

今朝、注文していたエルカミーノが届いた。

一九六六年式。前から欲しかった車。

購入資金も運転免許もあったのに、「ただ欲しい」という単純な欲求に、今までは素直に従うことができなかった。

未来のことをあれこれと考えてしまって、前に進めなかったのだと思う。

千鳥ちゃんと会ってから、また自分の感情に従い、自由に生きられるようになった。

彼女が元気をくれている。生きる力を与えてくれている。ぼくが救われたのは、千鳥ちゃんのおかげだ。

夜、千鳥ちゃんと肴町のパンケーキ屋に行った。

すごく喜んでくれた。

彼女は一番小さいサイズを、ぼくは一番大きなサイズを注文した。

けっこう量があったけど、ぜんぶたいらげた。ぼくの食べっぷりを見ていた千鳥ちゃんは笑っていた。

パンケーキを一緒に食べた後、「君の笑顔が見たかった」と伝えると、彼女は照れくさそうにうつむいた。


その後、通りがかった鍛冶町通りで彼女が泣いた。

今年のミス浜松を見たときだった。

両親の思い出が蘇ったのだ。

ずっと泣いてたから心配だったけど、しばらくすると、すっきりとした顔になり、「両親の死が、はじめてなんとなくわかった気がする」と言っていた。

　帰宅してから、かき集めた記憶障害の症例を読み返した。

　記憶障害の人は、記憶を失った後に親密な人がすでに亡くなっていると知るケースもめずらしくはない。

　多くの場合、故人の死を信じられずに、その事実をなかなか受け入れられないという。真実を受け止め切れず、故人のことをあえて考えようとしない。

　だが、その死を無意識ではわかっているため、心の底で葛藤が生じる。この葛藤は、真実から逃げれば逃げるほど大きくなるため、ひどい人になると、心の底に葛藤が抑圧され続け、精神的にまいってしまうという。

　千鳥ちゃんはこうも言っていた。

「今までは両親のことを思い出さないようにしていた。わたし、意外と気が弱いの」と。

はじめて両親の死と向き合ったのかもしれない。


　過去の資料を読み返しながら、千鳥ちゃんの症状をもう一度整理した。

　記憶障害には、外傷性のものと、心因性のものがある。

　彼女の場合、事故の起きた一月二十七日の一ヵ月前くらいに前兆の症状が起こり、その後過去一年間の記憶をすべて失っている。

これは、事故時のフラッシュバックが引き金となって記憶障害を起こす、心因性の症状だと考えていい。

二〇一四年の事故時に救急隊員が駆けつけたとき、千鳥ちゃんはすでに車から出ていたそうだ。両親のいる燃えさかる車を見ながら、ただ呆然と立ち尽くしていたという。

彼女はこのときのことを覚えていない。

小林先生によると、おそらく彼女は「両親の死を目の当たりにした」という。

そして脳裏には、思い出したくもない残酷な映像が刻まれた。

どんな映像かはわからない。

両親が息絶えた瞬間かもしれないし、助けを求めたのかもしれないし、逆に二人が彼女を助けようとしたのかも。

なににせよ、千鳥ちゃんはこの記憶を封印した。

脳がこの出来事を記憶することに耐え切れなかったのだ。

しかし事故の日が近づくと、閉じていた記憶の扉が開き始める。

脳は思い出すことを拒否して防衛機制を働かせ、パニックを起こして記憶障害につながる。

では、この記憶喪失はこれからも続くのか。

答えは「そうとも限らない」だ。

千鳥ちゃんと似た症状を持っていたアメリカ人女性がいる。

デート中に暴漢に恋人を殺された彼女は、その後、事件を思い出すたびに記憶喪失を起こすようになった。

しかし数ヵ月後、この症状は収まった。

何度もフラッシュバックを体験した結果、脳がショックに耐えられるようになったのだろう。

千鳥ちゃんは、普段は事故時の記憶を封印しているが、事故の日が近づくと強制的に思い出してしまう状態と言える。

つまり、記憶障害を繰り返すうちに、自然に治るかもしれないのだ。

だが、千鳥ちゃんのフラッシュバックは一年に一度。

自然に治るのを待っていたら何年かかるかわからない。

なにかできることはないか、今後も探していくつもりだ。

ただ、これは最悪のケースを想定した場合の話だ。

ある日突然、自然に治る可能性もある。

大丈夫。

千鳥ちゃんの症状はきっとよくなる。

それまでは彼女の力になろう。ちゃんと前に進めるように手助けをしよう。

彼女は、生きる希望をくれたのだから。

二〇一七年　五月五日

午後二時過ぎ、フラワーショップ栞にいたわたしは、植木鉢を載せる木製の台を修理していた。

釘を金槌で打ち込み、作業は五分もかからずに終わった。

「ありがとー。相変わらず器用だねー」

近くで作業を見ていた栞が言う。

金槌を工具箱にしまっている最中、栞になにげなく訊いてみた。

「栞、わたしに向いている仕事ってなんだと思う？」

栞は深刻そうな顔をして近づいてきて、

「お店、辞めたいの？」

顔を覗きこんでくる。

「そうじゃないわよ。けど、いつまでも栞の厄介になりたくないし」

「なに言ってんのよ。わたしが働いてほしいから頼んだだけよ」

わたしはうつむき、口をつぐむ。

「どうしたの？」

「……ほら、看護師はもう無理でしょ？　栞も夢を叶えたし、できるならわたしも新しい目標が欲しいの」

最初の記憶喪失後の二〇一五年の一月、小林先生はわたしのカウンセラーの話などを聞いて、わたしが翌年もまた記憶を失うかもしれないと判断し、その事実をわたしに告げたという。

それを聞いたわたしは、きっぱりと看護師の夢を諦めたそうだ。

この判断は賢明だったと思う。

一年あれば看護師試験にはなんとか受かるかもしれないけれど、仕事に就いても覚えたことをすべて忘れてしまう可能性があるため諦めるしかない。

患者さんの命を預かる資格がわたしにはないのだ。

実際、その判断は正しかった。翌年も、その翌年も記憶喪失になったのだから。

しばらく目を丸くしていた栞は、

「……あんた、変わったね」

優しく微笑む。

「そう？」

「この三ヵ月、一度もそんなこと言わなかったじゃない。わかった。すぐに思いつかないけど、あんたにどんな仕事が向いてるか、ちょっと考えてみるわ」

その後、栞は仕事で結婚式場に行った。

わたしは日記を開き、文字をしたため始める。ここ数日は、お客さんのいない暇な時間は日記をつけている。


二〇一七年五月五日。

栞に「変わったね」と言われた。

なぜこんな気持ちになっているのか、思い当たる節はある。

二日前、今年のミス浜松の子を見たとき、両親との思い出が蘇った。

なぜだかあれから、心が少し軽くなった。

二人がもういないという事実をわかり始めた気がしているのだ。

今までは違った。

信じられないような、でも心の底ではわかっているような、そんな気持ち悪さがあった。

あの出来事がなかったら、今もまだ鬱々(うつうつ)としていたのかもしれない。

そして、なぜかわたしの頭の中に、未来のことがよぎり始めた。

具体的には、仕事のこと。

この三ヵ月、未来のことなんて一度も考えなかった。

心が少し整理されて、余裕ができたのかもしれない。


今考えると、浜松まつりの日の彼はちょっとおかしかった。

まるでわざとあの光景を見せようとしていたような……そのせいか、この二日、バカな考えが頭をよぎっている。

それは、「彼はわたしの恋人だった」ということ。

もしもあの行動が、わたしのためだったとしたら。取材対象として近づいたとしても、その後に恋人にでもなっていなければ、あんなことはしないと思う。

もしそうなら、栞や小林先生はなぜ彼を知らないのだろう。

彼はなぜ、正体を明かさないのだろう。

彼の目的はなんなのだろう。

まだ、いくつもの疑問が残っている。

さっき、そんな天津真人から「夕方から会いたい」というメールが届いた。

彼が誘ってくるのはいつも夕方以降で、昼間に誘われたことはまだ一度もない。

仕事が終わるのは六時だから断ろうとしたけど、栞がそのメールを横から覗いていて、早退させられることになった。

ゲームの終了までは、あと七日ある。

その日が終わったらどうなるのだろう。

彼とはもう会わないのだろうか。彼は自分の正体を明かすのだろうか。


日記を閉じると同時に、店の扉が開き、お客さんが入ってきた。

その女性客は、わたしの顔を見てなにかに気づき、レジまでやってきた。

「千鳥ちゃん？」

彼女の顔に見覚えがある。大学時代に同じ看護科だった、磯山園子（いそやまそのこ）さんだ。

「花屋さんで働いてるって言ってたけど、ここだったんだ」

わたしの名前の呼び方も、わたしへの接し方にも違和感を覚えた。

彼女はたしかに大学の同級生で、お互いに顔も知っている。けれど、わたしは磯山さんとは、ほとんど話したことがないのだ。

彼女と会話したのは、大学一年の頃。

ゼミで同じ班になって、そのときに数回話しただけ。その後すぐにわたしが例の交通事故に遭って入院したため、打ち解ける前に顔を合わさなくなった。当時はお互いに「〜さん」と呼んでいて、「〜ちゃん」と呼び合うほど仲良くはなかったのだ。

それに、「花屋さんで働いてるって言ってたけど」って、わたしから聞いたような言い方。あの頃はまだフラワーショップ栞は存在していなかった。

なんだかいろいろとおかしい。

磯山さんはわたしの戸惑いに気づき、

「ごめん。そっか……去年のこと、覚えてないんだよね」

申し訳なさそうに言った。

「去年……？」

磯山さんからこれまでの経緯を聞いた。

彼女は昨年から聖華浜松病院で看護師として働き始め、病院に来たわたしと偶然再会したという。

その後、検査やカウンセリングで定期的に訪れるわたしと何度か顔を合わせるうちに自然と会話するようになった。

驚くことに、わたしは自分の症状のことも話したという。彼女は看護師だから外に漏れることもないと思ったのかもしれない。

外で会うほどの仲ではなかったようだが（話している雰囲気でそう感じ取れた。やはり栞以外とは深くは仲良くなれないようだ）、やがて「千鳥ちゃん」「園子ちゃん」と呼び合うようになった。

彼女の話は本当かも、と思った。

小林先生や天津真人と同様、磯山さんからも嫌な感じがしなかったからだ。なんとなく、『味方』という感じがした。

彼女は大学のゼミのときにも積極的に他人と会話していた。社交的で真面目な人だから、わたしも次第に心を許すようになったのかもしれない。

不思議な気分だった。

わたしの知らない、もうひとりのわたしがいるような気がして――。

すでに結婚している彼女は、昨年末に旦那さんの仕事の都合で引っ越し、現在は御殿場の病院で働いている。

旦那さんの実家が磐田市にあり、お義母さんに渡す母の日の花を買いにこの店に来たら、わたしがいたというわけだ。十日の母の日は仕事で来られないために、これからお義母さんに持っていき直接渡したいという。

わたしが勧めたピンクのプリザーブドフラワーを購入した彼女は、帰り際、わたしに「ケータイの番号を交換しよう」と言ってきた。

一瞬迷ったけど、社交辞令に近いものだろうと思って番号を伝え合った。

仮にまた記憶を失っても、彼女は看護師だから自分のことをくどくどと説明する必要もない。良い人そうだとも思ったし、わたしの症状を誰かに言うこともないだろう。

「大変だと思うけど、私にできることがあったらなんでも言ってね」

そう言い残し、磯山さんは店を出た。


店内にひとり残されたわたしは、なんだかみじめになった。

自分の夢を叶えて、いきいきと生活している彼女が輝いて見えたのだ。

そして——。

『わたしは彼女と違って夢を叶えられない』

『わたしは彼女と違って成長できない』

『わたしは彼女と違って普通に生きられない』

などと、彼女と自分を比べ始めてしまい、現実を実感し始めた。

やがて、ある強烈な言葉が浮かんだ。


『わたしは普通じゃない』


もしも、この症状がずっと続いたら?

普通の夢を抱けないし、普通に恋人もつくれない。普通の人間として成長できない。

栞だって夢を叶えている。

大学を中退して貯金して自分の店をかまえた。立派な肩書きだって手に入れた。でも……わたしは？

この症状を引き連れながらでも、夢を描けないことはないかもしれない。

けれど、いったいどれだけの夢を描けるのか。来年には、すべて忘れてしまうこんなわたしに選べる夢は、どれほどあるのか。

頑張ればいい？

どうやって？

前に進むには努力が必要なことくらいわかる。

試験に受かるには勉強すればいい。技術を磨(みが)くには練習や経験をすればいい。人間力を磨くには人と関わればいい。だけど、すべて忘れてしまうわたしは、どうやって進めばいいのか。

なんでこんな症状を持ってしまったのだろう。

あのときに事故に遭っていなかったら今頃どうなっていただろう。なんでわたしだけ、こんな苦しい思いをしなければいけないのだろう。

……普通に生きたい。

みんなと同じように、普通に夢を追って、普通に成長して、普通に誰かを好きになって、普通に幸せな家庭を築いてみたい。わたしはもう、そんなふうには生きられないかもしれない。

苦しい――。

今までは感情が麻痺(まひ)していて気づかなかった。

わたしは、自分の本心がわかってしまった。

午後五時前。

待ち合わせ場所は、浜松駅から徒歩七分の場所にある、浜松科学館の前だった。今回は十分前に到着したけど、また彼は先に待っていた。

彼はわたしを見つけると、「千鳥！」と呼びかけてきた。

前に言っていたこととは違って、かなり不自然にいきなり呼び捨てにしてきたなと思ったけど、呼ばれ方に関しては違和感がなかった。呼ばれ方にこだわらないけど、そういうことではなくて、『ちゃん』よりも呼び捨てのほうがわたし自身しっくりきて、妙な心地よさすら感じてしまった。

建物に向かう途中、彼にジーッと見つめられた。

「なに？」

「いや、かわいいなって思って」

浜名湖パルパルでも同じことを言われた。

またからかわれたと思って一瞬腹が立ったけど、怒ると負けのような気がしたので大人ぶって冗談っぽく以前と同じように切り返すことにした。

「からかってるの？」

「ち、違うよ。ホントにそう思ったから」

わたしはぷっと吹き出す。彼の返答もこの前とまったく同じだ。二人でコントしているみたい。

けど彼は、きょとんとした顔を見せ、

「なにがおかしいの？」

真面目に言う。

「わかってて言ったんじゃないの？」

「え、なにが？」

大真面目に言う。

「……」

わたしは笑いを堪えながら入り口に向かう。

「ねぇ、待ってよ……なにがおもしろいの？　ねえ！」

彼が追いかけてくる。

今日、確信したことがある。彼は見かけによらず、ど天然な人だということ。

二人で浜松科学館内のプラネタリウムに入った。

やっぱり彼はわたしの好みをよく知っていると思った。

わたしが一番好きなものは「お城」で、二番目に好きなものは「プラネタリウム」だ。

プラネタリウムの壮大なところが好き。宇宙の壮大さを感じると、すべてが小さいことに思える。子供の頃からそうだった。この先どこにでも行けるような清々(すがすが)しい気分になった。

楽しげに館内を見て歩いていると、彼に訊かれた。

「プラネタリウム、好きなの?」

「……まあ」

本当は好きなことを知っているだろうと思いながらも、そう返した。

「お城だけじゃなくて星にも詳しいんだ?」

「それなりには……」

「なんか教えてくれない? 豆知識とか」

豆知識。なにがいいだろう。星を知らない人でも興味を持てそうなものは――

「星って変わった名前のものがいろいろあるの。ニート彗星(すいせい)とか、トトロ小惑星とか」

「トトロって、ジブリの？」

「小惑星登録番号が一〇一六〇だから、それを捩ってトトロ。たぶんだけど」

「へぇ」

「あと、星座だと、ポンプ座とか、かみのけ座とか、ちょうこくしつ座とか」

興味深く聞いていた彼は、なにかを思いついたような顔をする。

「ぼくも変わった名前の星座、ひとつ知ってるよ。まさか、あんな配線みたいな星座もあるなんてね」

配線？

わたしはその星座がなにか考える。けど、わからなかった。

「なんて星座？」

彼は自信満々に言った。

「ケーブルさん座」

知らない。

……というか、もしかして。

「テーブルさん座のこと？」

「……え？」

「テーブルさん座の『さん』は山って意味。南アフリカのテーブルマウンテンがモデルの……」

すると、目を丸くして、

「……そうなの？」

と答える。

「おそらく。ほかに似てる名前の星座もないし」

彼は額に右手をあて、うなだれた。

その姿がおかしくて、思わず吹き出してしまった。

「知ったかぶりして、失敗した……」

恥ずかしそうに言って、しばらく赤面していた。


今日二回目のど天然ぶりを発揮した彼とわたしは、プラネタリウムを観た。

今年はじめてのプラネタリウムだったからテンションが上がった。

でも、昼間の考えごとをまだ引きずっていたため、徐々に憂鬱（ゆううつ）になり、そのうち、

『わたしはどんな夢を描けばいいのか？』

という問題が、頭の中をぐるぐると巡っていった。

浜松科学館を出た後、彼の車で白羽町（しろわ）の『炭焼きレストランさわやか』に向かった。

静岡県だけにある人気チェーンで、地元の人なら知らない人はいないほど有名なレストラン。

名物メニューは『げんこつハンバーグ』。

二百五十グラムのまん丸いハンバーグを店員さんが目の前で半分に切り、切断面を鉄板に押し付けて火を通してくれる。磐田市や浜松市出身の芸能人も、地元に帰ると必ずこのメニューを食べに来るという。

もちろんわたしも大好きで、今年、記憶喪失になった後も月に一度は『げんこつハンバーグ』を食べていたのだけど、今日は食欲があまりなかったため、ひとまわり小さい二百グラムの『おにぎりハンバーグ』を注文した。

「なんか、悩んでる？」

料理を待つ間、彼がおもむろに口を開いた。

少し悩んだ後、相談することにした。

あの写真から考えると、彼と親しかった確率はすごく高いと思う。つまり、過去のわたしも同じ悩みを抱き、すでにこの相談をしているかもしれない。仮にそうなら、隠すほうがバカみたいだと思った。

「仕事——どうしようかと思って」

看護師になりたかったことははじめて話すはずだけど、彼はたいしたリアクションもせずにずっと真顔で聞いていた。すべてを話し終えると、彼はにっこりし、わたしの左側頭部を指さした。

「君はここで考えすぎる」

「ここ?」

彼は小さくうなずき、続ける。

「人間には、右脳型と左脳型がいる」

「知ってる。たしか、右脳が直感型で左脳が論理型でしょ?」

本当かどうかは定かではないけど、人は右脳を主体に考える人と、左脳を主体に考える人に分かれると言われている。

「そう。右脳型は喜怒哀楽の感情や感性、イメージ力、直感とかを大切にするアナログ型思考。左脳型は言語、計算、論理とかのデジタル型の——ようは、右脳型は感情で、左脳型は頭で考えるってこと」

「わたしは頭で考えるタイプ?」

「すぐ怒るし言いたいこと言うし、一見すると感情的に見えるけど——」

わたしが睨むと、彼は両手を小さく挙げて降参のポーズをとる。

「大切なことは論理的に考える人ってこと」

そう言われたら、そんな気もするけど、どうだろう。

ただ、大事なことを決めるときは、たいがい長い時間がかかる。記憶喪失になる前も、未来や進路を考えるときはいつもウジウジと悩んでいた。そんなふうに分析したことは一度もなかったから意外だった。

「もっと感情を使って考えてみたら?」

「どうやって?」

「そうだな。看護師になろうと思った理由は?」

「人の役に立ちたいから」

わたしは即答する。大学試験の面接でも同じことを言った。

「なんで役に立ちたいの?」

「中学生の頃、祖母を病気で亡くしたの。そのときになにもできなかったから。わたしが看護師だったらもっとやれることがあったかなって」

彼が深くうなずく。真剣に聞いてくれていることが伝わってくる。

「それはたぶん、使命感で選んだ。そうしなければならない、という考え方が強い。左脳で——頭で考えた決断だと思う」

わたしが理解できるように、ゆっくりとした口調で説明する。やけに説明慣れしている。

「使命感じゃダメなの?」

「ダメじゃない。ただ、単純に『子供の頃から憧れていた』とか、『誰かに感謝されるのが気持ちいい』とか、看護師をしていること自体が楽しいほうがよくない？」

たしかに。『人のため』と『自分が楽しい』はモチベーションがぜんぜん違うような。

「使命は我慢の上に成り立つ。使命感で働くと気を張った状態が続きやすい。その先に充実感を得られるとは思うけど、できれば過程も楽しいほうがいい」

「わたしは、看護師になっても幸せにはなれなかった？」

「どうだろう。やってみて楽しさがわかることもあるから。でも最初から楽しめそうな仕事を選んだほうが良い気はする。少なくともぼくは、小説家を使命感ではやってない。書きたいから書くし、楽しいから続けられている。この仕事を選ぶ前からそうだった」

そういえば、と思う。

「小説は、いつから書いてたの？」

「十七歳から」

「書き始めたきっかけは？」

彼は一瞬黙り、にこやかに微笑んだ。

「ぼくね、施設で育ったんだ」

言葉を失う。

彼はどこかのお坊ちゃんで、なに不自由なく生きてきたとすら思っていたから。

「……いつから?」

「三歳」

物心がつく前から。

その境遇はわたしにとってあまりにも現実離れしていて、なにを言ったらいいのかわからなかった。

「……」

「気にしないで。施設で育つイコール不幸なわけじゃないよ。少なくとも今は猛烈ハッピーだし」

カラッと言う。

強がりで言っているふうにも見えない。

「ただ、ぼくの場合はよく想像してたんだ」

「なにを?」

「たとえば、自分の知らない両親のいる家庭を。親が子に与える無償の愛というものを。別の人生を求めて想像した。その感情を小説にぶちまけたんだ。楽しかったし夢中になれたし、辞めたいと思ったこともない。もちろん、苦しいときもあったけど」

いつになく饒舌。自分のことを話したいからじゃなく、わたしのために話してくれていると感じ取れた。

「ゆとり世代は我慢が足りないとか言われてるけど、あれ言ってるほとんどの人が感情論だと思う。おじさんたちは自分が我慢してきたから、次の世代にも同じ苦しみを与えたいってだけで。はじめから好きな仕事をしたほうがいいに決まってるのに」

「だけど、好きな仕事って言われてもわからない」

「なにしてるときが楽しい？」

「お城を見てるとき」

自然と答えていた。

わたしが一番楽しい時間は、お城を見ているときだ、間違いなく。

「そういう感じ。けど、遺跡や史跡の研究や管理をする仕事に就くには、学芸員の資格がないと難しい。専門の大学に通い直せばチャレンジできないことはないけど、専門家になれるのは、ほんの一握りだけだ。それに君にはハンデもある」

記憶障害をはっきりと「ハンデ」と告げるのが逆に気持ちよかった。真剣に考えてくれているから出る言葉だとも思った。

「たしかに、お城の知識はこれ以上増やせないから無理か……」

「お城以外は？」

プラネタリウム――は言うのを止めた。

お城と同じで、プラネタリウム施設で働くには、宇宙の知識がもっと必要だろうから。

そして、次に頭に浮かんだものは――

「家具……」

わたしはひとり言のようにつぶやいた。

「家具は、なんで好きなの？」

「見てると幸せな気分になれるから。家具屋さん巡りも好きだし……それに、つくってるときも楽しいから」

「ちょっと待って！」

彼は、それは予想していなかった、というふうな顔をした。

「つくれるの……自分で⁉」

すごく驚いている。

このことは過去に話してなかったのだろうか。自分でもそこまでたいしたことないと思っていたし。おてんばに思われるのが嫌で言いたくなかったのかも。

「高校生の頃、近所の家具屋でアルバイトしてたから」

「それ、接客でしょ？」

そこまでは知っていたのかと思い、わたしは続ける。

「はじめは接客してたんだけど向いてなくて。そこ、家具の手作りもしてたから、おもしろそうだなと思ってお願いしたらつくらせてくれたの」

彼はテーブルに身を乗り出しウンウンとうなずき、「それで？」と急かしてくる。

「一年くらい手伝ってたら、ひと通りのものがつくれるようになった。家の居間にあるテーブルと椅子はわたしがつくったし……」

「……それ、才能あるんじゃない？」

彼は真顔で驚愕（きょうがく）している。

「社長にも言われた。普通はここまで十年くらいかかるって。でね、そのダイニングセットを両親に見せたら大喜びして、すごく嬉しかった」

「ということは――もしかして、図面も読める？」

「いちおう……」

突然、ガバッと両手を握られる。

「やりなよ！」

大きな声が店内に響く。

「ちょっと……」

我に返った彼は、「ごめん」と言って手を離した。

焦った。顔が熱くなっている。

「家具職人、なりなよ！」

彼が言い直す。

「その家具屋さんって、今もやってるの？」

勢いに押されてうなずく。

「この前も奥さんが『またやりたくなったら言って』って。半分冗談かもしれないけど」

その家具屋さんは、今でも五十代の社長と奥さん、そして数人の職人さんで切り盛りしている。

子供がいないためか、社長と奥さんは当時わたしをとても可愛がってくれて、高校卒業と同時にバイトを辞めてからも、わたしによくしてくれている。

数日前も、奥さんが畑でとれたという袋いっぱいに詰まったジャガイモを家まで持ってきてくれて、「千鳥ちゃんがいてくれた頃は助かっていた」と言ってくれた。彼女は去年の末にも海老芋を持ってきてくれたそうで、その話もされたのだけど、わたしは話を上手く合わせて覚えていないことを誤魔化した。

わたしは奥さんに記憶障害のことを隠している、と栞から聞いている。

一年に数回、家になにかを持ってきてくれたときに顔を合わせるだけだから、記憶を失っていた期間もそうやって話を合わせ、現在まで記憶障害のことを隠し通せているようだ。

「雇ってもらったら？　しばらくしたら独立してネットで売ったりして……図面も残して経営システムを整えたら、仮にまた記憶を失ってもひとりでやっていける！」

「……なんでそんなに物知りなの？」

思わず話をそらす。

「取材でいろいろ調べてきたから。ちなみに、さっきの右脳と左脳の話は、デビュー作に登場した医者の台詞で使ったよ」

「……こないだ言ってた新作も取材してるの？」

一瞬、彼は戸惑うような曖昧な笑みを見せ、

「そうだね。取材は基本だから」

「それって――」

彼が「うん？」という顔をしたけど、わたしは、「なんでもない」と止めた。

本当は、新作の取材のためにわたしに近づいたのかを確かめたかったけれど、それを確認するのは、わたしのために一生懸命に考えてくれている今ではない気がした。

「で、やるの？」

強引に話を戻される。

彼の頭の中には光り輝くわたしの未来しか映っていない。キラキラと輝く両目を見て、それがわかった。

「そんな簡単じゃないよ」

彼の上がっていた眉毛が見る見る下がっていく。

落胆したとわかり、心がチクっとなる。

「興味は？」

静かに問いただす。

「……ある」

本当は高校三年時に進路を決めるとき、何度か頭をよぎった。

家具をつくる仕事に就いたらどうなるのだろうか、と。自分でデザインをして、自分でつくって、やがてはブランドを立ち上げて。そんな仕事ができたらすごく楽しいだろうなって。

けれど、すぐに夢の選択肢から除外した。

わたしは女だし、そういうのは選ばれたわずかな人がなれる職業だし、自分には無理だと思って現実的に考えられなかった。

「やってみたら？」

「本業にするなんて自信ないよ。だいたい、また記憶を失ったら社長や奥さんに迷惑かける。それまでに覚えた技術も忘れちゃうし……」

「誰でも生きているだけで他人に迷惑をかける。そんなことは気にしないでいいよ」

彼の話し方が〝アドバイス〟から〝説得〟に切り替わった。

「それに将来も……独立するにはお金もいる。材料費も機械も高いし、仕事場だって借りなきゃいけないのよ」

「ぼくが出資する！」

「……え？」

「君が独立するときは費用を出す。軌道に乗るまで返さないでいいから——」

「バカにしないで！」

面食らった彼が、目をまん丸くする。

わかってる。彼は一生懸命なだけで、興奮して思わず口走っただけだって。

でも、どうしようもなかった。

彼の歩くスピードが速くて、速すぎて、わたしは付いていけなくて。無理矢理どこかに引っ張られているような気がして、無性に腹が立った。

「……ごめん。独立の話は後から考えたらいい。まずは、君がその仕事をやりたいか、やりたくないかだ」

彼は冷静に言う。さっきまでとは打って変わって、抑揚のない平淡な声で。

わたしは答えられない。

「希望を持つのが怖い？」

今までなら、こんな質問には答えなかった。本心なんて言わなかっただろう。

けど、彼は他人じゃない。なんでこんなゲームを持ちかけてきたのかはわからないけど、これまでの、そして今日の彼を見て、わたしにとって特別な人だったことくらい、もうわかる。

「怖いよ！　わたしは普通の人とは違うの！」

「……同じだよ」

わたしは彼に怒りの目を向ける。

「たしかに君にはハンデがある。でも、誰でも最初の一歩は怖いんだ。怖くても飛び込まないと、なにも始まらない」

「……」

「それに君の場合、また記憶を失うかはわからないだろう？」

彼にはこの症状のことを詳しく話していないから、記憶障害が治る可能性もあるなんて知ってるはずがない。

そう気づいたとき、わたしは急に劣等感のようなものに襲われた。そしてマイナス思考という名の悪魔が、瞬く間に頭の中を支配した。

わたしは彼にどこまで話したのだろう。

彼はどこまでわたしを知っているのだろう。

彼はわたしよりもわたしのことに詳しいかもしれない。

わたしは自分のことも満足に知らない。知ることもできない。

こんなわたしに、夢を描く資格なんてあるのだろうか。

わたしが人並みの暮らしを求めることなんて、すごく高望みなことなのかもしれない
——。

「……そんなことまで知ってるんだね」

彼は、しまったという顔をする。

たぶん、まだ本当はここまで言うつもりはなかったのだ。それほど動揺していたのだろう。

理由はわからないけど、彼にとっては、わたしが家具をつくれるという新事実は大きな発見だったのだ。

それを理解しても、苛立ちが収まらなかった。

「あなたはわたしよりもわたしを知ってるかもしれないけど、わたしの気持ちはぜんぜんわかってない」

彼はたしかに苦労してきたかもしれないけど、今はすべてを持っているのだ。運よく自分の才能を活かせる小説と出会えたから。

お金も地位も名誉も生きがいも持っている普通以上の人が、こんな足かせを抱えて生きている普通じゃないわたしの気持ちなんてわかるはずない。

もしかしたら、こういうことが原因で彼とは会わなくなったのかもしれない。

彼とは上手く行かないと思って、もう会うのを止めたのかもしれない。

彼にはわたしの気持ちがわからないのだ。

彼は普通でわたしは普通じゃない。

努力は報われる。

頑張った分だけ幸せになれる。

きっと神様は見てくれている。

そんな安っぽい希望の言葉を簡単に言えるのは、たまたま幸せを手にできたごく少数の人だけだ。

彼は、心を閉ざしたわたしになにかを言いかけて——黙った。

これ以上はなにを言っても、喧嘩になるだけと思ったのだろう。

本当にわたしのことをよくわかっている。


帰りの車内は、二人とも終始無言だった。

家の前まで着き、車から降りようとしたわたしに彼は言った。

「出資の話は忘れてくれ。でも、ぼくにできることはなんでもしたかった。本当にごめん」

わたしは返事をせずに車から降り、家に入った。

お風呂に入ってベッドで眠りにつくまで、「ぼくにできることはなんでもしたかった」という彼の言葉が、脳裏で何度もリフレインした。

磯山さんも似たようなことを言っていた。

「私にできることがあったらなんでも言ってね」と。

本当になにかをお願いしたら、磯山さんはどれくらい助けてくれるだろう。

栞みたいに、わたしが記憶を失うたび、社会の変化を説明してくれるのだろうか。

看護師の試験に受かって同じ病院に勤めたら、わたしが記憶を失うたびに仕事をいちから教えてくれるだろうか。

毎日毎日電話して、家族を失った虚しさやこの症状の孤独感を話し続けても、嫌がらずに聞き続けてくれるだろうか。

こんなわたしが抱ける夢はなんなのか、毎日一緒に考え続けてくれるだろうか。

きっと無理だろう。どこかで嫌気がさしてしまう。

彼女は悪くない。

天津真人も悪くない。

けれども、人には善行欲みたいなものがあって、それを満たすためのちょうどいい言葉が「私にできることがあったら――」という言葉のような気がする。

きっと本当に頼られたら困るのに。

他人のために一〇〇パーセント自分を犠牲にできる人間なんているはずない。栞だって、わたしの両親さえも、わたしのためだけに自分の時間すべてを犠牲にはできない。

第一わたしだって、そんなことはしてほしくはないのだ。

誰かのお荷物になりながら生きたくはない。

こんな症状を持っていても——こんな症状を持っているからこそ、自分の足で歩いていきたいのだ。

わたしは、いくつもの線を越えてきた天津真人の前に、再び新たな境界線を引いていた。

天津真人の日記

今日は二人で、浜松科学館に行った。

千鳥は楽しそうに館内を見ていた。

いろいろな変わった星の名前を千鳥に教えてもらった。

ニート彗星、トトロ小惑星、ポンプ座、かみのけ座、ちょうこくしつ座、ケーブルさん座、千鳥はすごく詳しかった。

プラネタリウムを観終わった後、仕事の相談をされた。

また記憶を失うリスクがある以上、看護師になる気はないけど、ほかにどんな仕事を選んでいいかわからないという。

ぼくは的確なアドバイスができなかった。

千鳥の症状に似た症例をもっと集めようと思った。

もっと良い助言ができるように。


さて。

千鳥の誕生日は失敗しないようにしないと。

舞台は、竜洋富士。山頂に着いたときが勝負だ。

千鳥は誕生日を祝いたくないと思っている。未来を考えてしまうから。

当然だ。

翌年に記憶を失うかもしれない千鳥にとって、ひとつ年を重ねることはとてつもなく怖いことなのだろう。

今の千鳥にとって、誕生日は灰色だ。

怖くて、冷たくて、少しも考えたくない、そんな哀しみで塗(ぬ)り潰(つぶ)されている。

だからこの誕生日を、オレンジ色で塗り直そうと思う。

楽しくて、暖かくて、いつも思い出したい、そんな喜びで彩られた日にする。

そうすれば、少なくとも今年の間は、千鳥はこの誕生日を光り輝く日として何度も思い出せる。

たとえまた記憶を失っても、またこの楽しい日が待っている。

そう思えれば、未来への不安もやわらぐかもしれない。

ぼくはこの誕生日を祝いたい。

千鳥が生まれてきてくれたことは、なによりも嬉しいことなのだから。

二〇一七年　五月六日

仕事帰りに、近所の書店に寄った。

『純愛小説特集』のコーナーが目に入ったので、もしやと思って行ってみると、すぐに目当てのものを見つけた。

天津真人の小説。

これまでに発売された三冊すべてが置かれていたけど、映画化された三作目の小説が特に推されていた。

わたしはその三作目を手にする。

最近になって有名タレントにおすすめ本としてテレビで紹介され、再注目されているらしい。ジャンルは恋愛ミステリー。この本がヒットした後、一作目と二作目も売れ始めたという。

この前、彼は言っていた。

「書きたいから書くし、楽しいから続けられている」

いったい、どんな気持ちなのだろう。

家具を見ているときや、つくっているときは楽しかったけどそれを仕事にするなんて、やっぱりぜんぜん想像がつかない。

彼の仕事に対する気持ちを覗いてみたくなったわたしは、小説をレジに持っていった。

家に帰ってから数時間で読み終わった。

わたしの貧相なボキャブラリーでは、「おもしろかった」という稚拙な表現しかできないけど、もっと的確な褒め方がある。そんなことを思ってしまうほど厚みのあるおもしろさだった。

この小説には天津真人の体験も色濃く反映されているそうなので、もう一度彼のことをネットでリサーチしてみた。

すると、七年前に彼が出演していたテレビ番組の動画を見つけた。

今は終わってしまっているけど、様々な分野で活躍する人たちを密着取材するドキュメンタリー番組。テレビをあまり見ないわたしでも知っていたほど有名な番組だ。

その動画を視聴した。


およそ半年にわたる密着取材だけあって、その番組から天津真人のことをかなり知ることができた。

彼の歩んできた人生は、わたしが思っていたよりも遥かに凄絶だった。

母親は彼が三歳のときに交通事故で死亡。

そのとき父親の存在は確認できず、母親の親族もどこにいるかわからなかったため、彼は施設に引き取られた。

小学生の天津真人は、とても暗かったという。ひとり言も多かった。学校も他人も施設も嫌いで、なにも頼るものがなかったため、自分の中に『神様みたいなもの』をつくり、それと一緒に生きていた。

この頃から、日常的な悩みなどを文章に書き起こしていた。しかし当時はまだ詩のようなスタイルで、小説が自分の居場所だということに気づかなかった。

中学生の頃、彼は自分の出生について調べる。

自分には両親がいない。それどころか、父と母がどんな人かも知らない。周りの子供と自分を比べるうち、『自分が何者かわからない』という虚無感を覚えるようになり、両親のことを調べれば光り輝く道が見つかると思った。

ところが、この調査は、彼をさらに追い込んでしまう。

まず、母親の死んだときの詳細を知った。

彼女は重度のアルコール中毒だったらしく、酔って車道に飛び出したところを車に轢かれていた。遺体のポケットに入っていた所持金は一枚の千円札とわずかな小銭だけ。

三歳の天津真人は、狭いアパートのお風呂場で発見された。彼は冷たい水の入った浴槽に浸かりながら気を失っていた。ひどい栄養失調の状態で、児童相談所の職員はおそらく彼が頻繁に冷たいお風呂に入れられて虐待されていたこと、そして日常的にネグレクトが続いていたことを推測したそうだ。

当時のトラウマのせいで、彼は今でも『囲まれた水』に入ると恐怖に襲われる上にひどく震えてしまうという。海や川や湖など自然な水は大丈夫だが、お風呂やプールなど物理的なもので囲まれた水に入ると、水温に関係なく凍えるような寒さを感じてしまうのだ。

このトラウマを乗り越えようと、中学生の頃に一度だけお湯の入った浴槽に浸かったこともあるが、パニックになってガタガタと震えてしまい気を失ってしまった。それ以来、一度も浴槽に入ったことはないという。

話は戻り、母親の死因を知った彼は、次に父親を探すため自分の戸籍を調べた。

父親欄が空白だったことを確認し、これ以上調べるのをやめた。

この時点でたいがいの予想はついてしまったのだ。

母親は複数の男性と交際していた。または不倫していたために父親から認知されず黙って自分を産んだ。どちらにせよ、母親の死の詳細と、父親不明という二つの事実がわかったことで、これ以上探っても得にはならないと思った。

その頃、『神様みたいなもの』がすでに見えなくなっていた彼は、その歪んだ感情を『非行』でごまかすようになった。その結果、彼の人生はよからぬ方向に進んでしまった。

警察の厄介になることも多くなり、結局、彼を引き取る里親は現れなかった。

十六歳で施設を出て肉体労働を始めた彼は、その後も不良仲間たちと悪さを繰り返す。

そして十七歳のとき、喧嘩した相手を大怪我させて少年院に収容される。

この頃の彼は、人生に絶望していた。

得体の知れない苛立ちや不安に襲われるため、少年院の中でも誰かれ構わず傷つけ、そのうち自傷行為も行うようになった。

そんなある日、転機が訪れる。

少年院の先生である法務教官にこう言われたのだ。

「その感情を、紙にぶちまけてみろ」

子供の頃に自然とやっていた行為。

そのことを思い出し、混乱していた感情を書き落とすようになった。

少年院でのもてあましていた時間で小説も読み始めた。

やがて小説形式で感情を吐き出すようになった彼は、書くことで発散し、自分を見つめなおし、自分を知るようになった。

はじめて、本当の意味で頼れるものを見つけたのだ。

『神様みたいなもの』ではなく、『非行』でもなく、『小説を書くこと』でちゃんと生きられるようになった。

少年院を出た後も、フリーターをしながら小説を書き続けた。

そして二十三歳のときに文学賞を受賞し、天津真人は小説家になった。


わたしは大きな勘違いをしていた。

彼はたいした苦労もせずにすべてを手に入れた人だと思っていた。

ぜんぜん違う。

小説家という職業は、たまたま見つけたのではなかった。苦労した末に、たどり着いたのだ。

彼はわたしと違い、両親に無条件で愛される経験をしてこなかった。

施設に入ってからも頼れる存在を見つけられなかった。怒りや不安や淋しさを拭ってくれる存在と出会えなかったから、『神様みたいなもの』に頼り、その次は『非行』に頼った。

幼い頃からそのままで生きられなくて、いろんなものにしがみつきながら必死に生きてきて、壁にぶつかっては打ちのめされ、やっと小説にたどり着き、藁にもすがる思いでそれに頼った。

彼にとって、小説を書くことは生きること。

はじめて知った。

仕事は人を救うものになることもある。

だから彼は、あんなに必死になってわたしを説得しようとした。

わたしに、生きる力を取り戻させるために。彼は、わたしの知らなかったことを知っていたのだ。

もしかしたら——わたしは我儘なのかもしれない。

ハンデを理由に飛び込むことすら迷っているわたしは、生きる力を得られるかもしれないチャンスを見過ごそうとしているわたしは、すごく我儘なのかもしれない。

はじめてそんな考え方をした。

二〇一七年　五月七日

夜になり、天津真人が車で家まで迎えにきた。

この二日、彼から連絡はなかったし、わたしも連絡しなかったのだけど、この日は以前から空けてほしいと言われていた。

そのため彼からの「今から迎えに行くけど、大丈夫?」というメールと、わたしの「うん」というメールだけで顔を合わせる段取りが整った。

わたしが助手席のドアを開けると、

「こんばんは!」

鼻眼鏡(はなめがね)をかけた彼が、鼻の両脇で両手をパーにして花が開くような仕草をしていた。

きっと喧嘩のわだかまりを解きたかったのだろう。

わたしはそれをスルーして車に乗って、

「どこ行くの?」

事務的に訊く。

ちょっと恥ずかしそうに鼻眼鏡を外した彼は、

「少しくらい笑ってくれても……」

拗ねた素振りをする。

わたしは心の中で懺悔する。

笑おうと思った。本当は笑いたかったけど、できなかった。謝りたいけど謝れなくて、彼が怒っていなかったことが嬉しかったけど、そんな態度もとれなかったのだ。

「どこ行くの?」

わたしが再び事務的に訊くと、なにかを企む少年のような笑顔を見せた彼は、

「まだ秘密」と言った。

素振りや話し方は子供だけど、彼のほうがわたしよりもずっと大人だ。

なんでもっと素直になれないのだろう。

ときどき、こんな自分がどうしようもなく嫌になって死にたくなる。


着いた先は、家から車で十分もかからない場所、竜洋海洋公園の駐車場だった。

遠州灘に隣接する、キャンプ場やアスレチック遊具などを備えた大きな公園で、休日には地元の人々がたくさん集まる憩いの場。

「ここ?」

わたしは疑問に思ってそう発した。

たしかにここではバーベキューやカヌー体験などもできるけど、それらを利用できるの

はすべて夕方まで。夜になるとただの広い公園なのだ。

「竜洋富士、登ろうよ」彼が楽しげに言う。

竜洋富士とは、この公園内にある小さな山のこと。高さは海抜十八メートルあり、山頂までは階段を登っていく。

山頂からは、浜松の街や天竜川(てんりゅうがわ)、南に広がる遠州灘まで一望できる。天気の良い日は綺麗な富士山(ふじさん)までも望める。今は夜だからなにも見えないだろうけど。

「レッツゴー」

彼はベンチシートに置いてあったトートバッグを手にとり、ピクニックにでも行くようなノリで車から降りた。

わたしもしかたなく降車し、わたしたちは竜洋富士に向かった。


竜洋富士の階段を登り始めると、すぐキツくなった。

ここを登るのは栞と一緒に遊びに来たとき以来で、わたしの感覚だと一年くらい前。そのときはここまで疲れなかった気がするけど、実際は三年以上も経っているのだから、知らずに体力が衰えているのかも。

今後も容姿の変化だけでなく、こういった体力の衰えも年々はじめて知っていくことになる――そんなことを考えていたら、気分まで重たくなった。

気力も体力も尽きて途中で休んでいると、少し先を行っていた彼が戻ってきて、「はい」と手を伸ばしてきた。

わたしは無言でそれを拒否し、彼を追い抜く。

「本当に頑固だなぁ……」という声が後ろから聞こえたけど、思い切り受け流した。

改めて言われなくてもわかっている。

他人の力は借りたくない。そんな生き方しかできないから、しかたがないのだ。


「あー、疲れたぁ……」

山頂に到着した途端、体をくの字に曲げて思わず口にしてしまう。すると、

「ねえ、こっちこっち!」

先に着いていた彼が、木の柵の前で手招きしている。

頂上の広さは縦二十メートル、横十メートルほどで、その外周は木の柵で囲まれている。

行くと、彼は後ろに回り込み、わたしの両肩をつかむ。そして、わたしの体を南の方角に向けさせた。

「この辺かな?」

視線の先は暗闇。

昼なら遠州灘が見えるはずだけど、夜だからなにも見えないのは当たり前だ。

「目、つぶってみて」

……嫌な予感がする。

前からしていた約束、「まだ秘密」という言葉、この状況で目を閉じること、そして、いつもは持っていないトートバッグ。

彼はこれから、なんらかのサプライズをするつもりなのだ。

わたしはサプライズが苦手だ。

恋愛経験は多いほうじゃないけど、これまで体験したことは何度かある。けど、心から嬉しいと思ったことは一度もない。

サプライズする側は、自分がしたかっただけなのに、「君のためにしてあげた」と得意気な顔をし、サプライズされる側は、自分の本心とは関係なしに喜んだように見せなければいけない。なんだかこの構図が人として不自然に思えてならないのだ。

だから今まで親しくなった男の人にはサプライズ嫌いをあらかじめ宣言してきたのだけど、彼とは付き合っていないし、今日はなんの記念日でもないし、そもそも彼はわたしのことを知っているわけで、つまりわたしのサプライズ嫌いも知っていると思っていたから、特にこの件に関しては注意していなかったのだ。

「早く早く！」

そんなわたしの気持ちなど知らず、彼がはしゃいだ声で煽ってくる。
……しかたない。
本意ではないけれど、喜んだふりをしよう。
そう覚悟し、わたしは目をつぶった。

カチャッという音がする。
聞いたことがある。
彼のガラケー。
折りたたみ式のケータイを開く音だ。
すぐに、カチカチカチ、という音がする。
メールを打っている？
こんなときに？
誰に？
なんのために？
疑問に思っていると――彼が言った。
「開けていいよ」

静かに目を開けたわたしは、山頂から見えたその光景に心を奪われる。

公園の敷地に、無数の電球が光り輝いている。

眩いライトの点で紡がれた文字は――

『HAPPY　BIRTHDAY　CHIDORI』

電球は数えなくても百個くらいはあるとわかった。

呆気にとられているわたしに、彼が言う。

「誕生日おめでとう。あと五ヵ月あるけど、ちょっと早いバースデイサプライズ」

わたしの誕生日はたしかに十月七日だ。

けど、なんで――

「まーた頭で考えてるでしょ。いいじゃん、誕生日が毎月あったって。来月も一緒にいたら、また違うサプライズするよ」

この前と同じ。

彼の歩くスピードはとても速くて、わたしの気持ちなんてぜんぜん考えてなくて。けれど、今はそんなことよりも彼の力に圧倒されている。

サプライズしてくれたことが嬉しいわけじゃない。わたしはサプライズが嫌いだし、わたしの誕生日はまだまだ先だし、日にちが同じだけでこんなことをするなんてわけがわからない。

ただ、そんなものはどうでもよかった。

たとえ自分がやりたいだけでも、わたしの気持ちを考えていなくても、こんなことをする彼の力に、得体のしれないエネルギーに圧倒されて、わたしの胸にはよくわからない感動のようなものがこみ上げて、わけもわからず少し笑ってしまった。

「あと――これは誕生日プレゼント」

トートバッグから書類を取り出し、渡してくる。表紙には『尾崎千鳥に向いている仕事について』という文字。

「ちょっとだけ中を見てみて」

促され、ウッドベンチに座らされる。

分厚いその書類には、ビッシリと詰まった文字と外国人女性たちの写真。

世界各国の記憶障害の人がこれまでにどんな仕事に就いたか、その仕事を選んでどんな成果を上げたかが詳細に書かれていた。

わたしのため？

わたしがどんな仕事に就けばいいのか参考になるように集めた？

「……あなたが調べたの？」

自分でも驚くくらいの小さな声で訊いていた。押し寄せるよくわからない感情が、発声を邪魔していた。

「まあね」

記憶障害なんてマイナーな病気の症例と、さらにその人たちの職業を調べるなんて、簡単にはできないことくらい、一度は看護師を目指していたからわかる。

一番最後のページ番号には「一八五」と記載されていた。

「どれくらい……時間かかったの？」

「まあ、けっこう」

なに食わぬ顔で言う。

「この類いの情報ってわりと少なくて。プロのリサーチャーに頼んでもなかなか集まらなかったから、自分で海外のサイトを翻訳したり、有名な医者に話を聞きに行ったり、その医者から海外の症例を聞いたりしてたらけっこうかかっちゃった」

わたしはもう一度、最初からページをめくり始める。

イギリス、スペイン、南アフリカ、日本人も。記憶障害の人がたくさんいる。世界中にわたしと同じような人たちがこんなにいる――その事実を知っただけでも、わたしの心がほぐれていくような気がした。

「あなた、普通じゃないわよ……」

「誰にでもするわけじゃないよ。君だから」

満足気に微笑む顔を見て、胸の奥からなにかがこみ上げてくる。

わたしはその感情を飲み込み、ページをめくっていく。

書類の後半には、脳外科医に話を聞いた取材記録。数十人はいるであろう先生たちがわたしに合う職業まで答えてくれている。彼がひとりひとりに話を聞きに行ったのだ。

そして最後の数ページには、これらすべての情報を参考にした上で、彼の思う『尾崎千鳥におすすめの職業』がまとめられていた。

彼が資料を覗いてくる。

「君に合うおすすめの職業は、やっぱり家具職人。それには理由があるんだけど、実は記憶障害の人でも体で覚える『手続き記憶』を失っていない人ってわりといるんだ。ヤスリで削る技術や釘を打つ技術とか、体で覚えることは忘れないかもってこと。もちろん絶対に忘れないとは言い切れないけど、普通の職業を選ぶよりはリスクも少ない。それにこの『手続き記憶』は、自分の好きなものほど記憶に残りやすいから家具職人は君にピッタリなんだけど——」

はしゃいで早口になっている。

だから、あんなに喜んだんだ。

体で覚えたことは忘れないかもしれないから、わたしが家具をつくれると知ったとき、彼の中で『わたしの好きなもの』と『わたしが忘れないかもしれないもの』が融合した。

わたしにも夢を描けるかもしれないと思って、あんなに喜んでいた。

すべてが腑に落ちたわたしは、

「ちょっと……待ってよ」

泣き声の混ざったようなかすれた声を出してしまう。

すると、彼は急にしょんぼりして、

「ごめん。また余計なことしちゃったか……」

「違う」と言おうとして顔を上げたとき、目に溜まっていた涙が資料にこぼれ落ちた。

わたしは急いで肘で拭(ふ)く。

「にじんでも大丈夫だよ。データがあるからね」

優しい瞳を向けられる。

ついに耐え切れなくなり、わたしの目から涙が流れてしまう。

「なんで……こんなことするの？」

わたしは誰かの荷物にはなりたくない。誰かに頼りたくない。ひとりで歩かなきゃいけないのに。

「ぼくには君の気持ちまでわからない。だからこそ、力になれることは全力でしたい」

わたしの胸にこれまでに感じたことのない安堵(あんど)が広がる。

そうか――。

わたしは甘えたかったのだ。

誰かに頼りたいくせに、他人を信じるのが怖くて境界線を引いていた。

けど本当は、その境界線を何度引いても、簡単に越えてくる人と出会いたかった。

拒んでも拒んでも、それでもなにかをしてくれる誰かを求めていた。

結果なんてどうでもいい。たとえ無駄でもいい。

無条件でわたしを救おうとしてくれる人を見たかった。

きっと、そんな人なら信じられるから。

それだけ信じられる誰かと出会いたかったのだ。

「これはぼくがしたいからやってる。だから君は、誰にも頼ってない。これもいらなかったらすぐに捨ててもいい」

わたしは理解されている——。

そう思うと、心のブレーキが外れていった。

「……本当に捨てるかも」

理性を保つために強がる。でも彼は、

「いいよ。見返りを求めるなんて愛じゃない」

さらっと答えた姿を見て、わたしは涙をぼろぼろと流した。

声を押し殺し、肩を震わせ、静かに泣いた。

そんなわたしの肩に彼はそっと手をそえた。

その感触はとても優しかったけど、この世で最も力強くて、この世で最も安心できるような魔法みたいな心地よさがあった。

彼と会ってから、凍っていた心がどんどん溶けていっている。

お腹の底に淀んでいた嫌な感情が解放されて、不自由だったわたしは自由になりつつある。

彼と一緒にいたら、わたしは幸せになれる。

そんな気がした。

彼に家まで送ってもらった。

家に入ったわたしは、居間のダイニングテーブルに座り、彼とわたしの並んだ写真を見つめながら考えを巡らせる。

今日一日で、確信できたことがある。

取材のために近づいたのかもしれないし、それ以外の出会い方だったかもしれない。けれど天津真人は、わたしの恋人だったと思う。

もしそうだとしたら、わたしはなぜ栞に言わなかったのか。

前に彼が言っていたように、本当に人に言えないような恋をしていた？

違う。本人が違うと言っていたし、これまでの彼を見ていても、嘘をつくような人にも、二股や不倫をするような人にも見えない。

じゃ、なにかほかに理由があって、わたしが栞に言わないように口止めをした？

そんな理由は思いつかない。それに、そんな理由があるなら今回も同じようにわたしに口止めしようとしているはず。

……もしかして、わたしの片思いだった？

前にわたしが栞に話した推理——あれが近いのかも。

彼は取材対象としてわたしと出会い、そのうち親しくなって友人関係になった。そしてわたしが彼を好きになったけど、振られた。

栞に言わなかったのは、その事実を知られるのが格好悪いから。

今年、記憶を失った後にまた現れたのは、気兼ねなくまたわたしを取材できるから。

ありえない話じゃない。

なら、彼はなぜわたしを助けようとしているのか。

わたしを助けることで、そのストーリーをそのまま小説にしようとしている？

まさか……。

でも、あの人の小説に対する情熱は普通じゃない。

なにしろ、小説は生きる意味なのだから——。

不安が生まれる。

『彼はわたしのことをなんとも思っていない』
そんな疑惑を拭えない。
真実を知りたいけど、栞も小林先生も彼を知らない。
なぜわたしは、彼のことを誰にも言わなかったのだろう……。
ちょっと待って。
そもそも、栞は本当に彼を知らないのだろうか。
やっぱり、どんな理由があろうと栞が彼を知らないのはなにかおかしい。
彼を知らない『ふり』をしているとしたら？
もし仮に、なにか理由があって、栞が天津真人を知らないふりをしていたとしたら？
ほかの誰かに彼のことを聞いたらどうなる？
わたしと親しい人はそんなにいない。
あとは小林先生くらいだけど、先生も彼を知らないと言っていたし……。
違う。
親しいから知らないふりをしているかもしれないんだ。
彼との過去を、わたしに隠すために。
もしかして——。
あることを思いついたわたしは、スマホの電話帳から「い」の行を探す。

あった。

わたしはディスプレイの発信ボタンを押した。

コールの音。

緊張で心音が大きくなっていく。

彼女とはそこまで親しくないけど、だからこそ、彼のことを知っていたら真実を話してくれるかも。

「もしもし――」

磯山さんの声。

「尾崎です。尾崎千鳥」

少し声がうわずった。彼女とは去年、仲良くなったかもしれないけど、わたしの中ではまだ数回しか話したことがない磯山『さん』だ。普通に話すことも緊張する。

「千鳥ちゃん?」

彼女は軽く弾んだ声で言った。番号は交換したけど、本当にかかってくると思わなかったのかも。少し驚いていたようだった。

「あの……訊きたいことがあって」

「うん、どうしたの?」

わたしの緊張が伝わっていないのか、磯山さんは明るく答える。

「……天津真人って人、知ってる？」

一瞬、空白ができる。

ほんの数秒だったかもしれないけど、わたしにはその沈黙がとても長く感じられた。

磯山さんは「えっ」と戸惑いを見せた後、

「千鳥ちゃん、なにかの冗談？」と言った。

心臓がどんどん膨らんで飛び出すんじゃないかと思うほど鼓動する。

彼女は天津真人を知っているのだ。

わたしは怖くなる。

彼は小説の取材のためにわたしに近づいて、そしてわたしを取材対象としてしか見ていなかったとしたら――。

勇気を振り絞って声を出す。

「彼とわたしは、どんな関係だった？」

「……もしかして、記憶を失ったとき彼はそばにいなかったの？　っていうか、誰からも聞いてないの？」

状況を飲み込めていない様子。

「聞いてない。だから教えてほしいの」

彼女は沈黙する。

はっとした。

たぶん、磯山さんはこう思ったのだ。

尾崎千鳥が天津真人を知らないのには、なにか理由がある。そんな大切なことを自分が言ってもいいのだろうか——と。

わたしは、すごく非常識なことをしていると気づいた。

彼女とはそれなりに親しくなったとはいえ、ただの大学の同級生にすぎない。そんな彼女にある種の責任を背負い込ませようとしていた。『他人の人生に介入させる』という大きな責任を。

「変なこと訊いてごめん、もう切るね——」

「待って！」

大きな声。

真面目な優等生だと思っていたから、はじめて聞く感情的な声に驚いた。

「わたしにできることはするって……言ったよね？」

磯山さんは真剣に言う。

「……うん」

「たぶん、わたしの知らない事情があってこうなってると思う。けど、千鳥ちゃんが知りたいのなら、ちゃんと言うから」

その言葉からは、磯山さんの覚悟が伝わってきた。

彼女の嘘偽りのない良心が見えたような気がして、胸が一杯になる。

過去のわたしが彼女を信用した理由がわかった。

この少しの時間でわたしの気持ちを汲み取って、面倒な責任を背負おうとしてくれている。適当な言い訳をして逃げてもいいのに。

磯山さんは本当に良い人だった。

わたしは言う。

「教えてほしい」

磯山さんは、「わかった」と答えて、真実を話し始めた。

「天津さんは——千鳥ちゃんの旦那さんだよ」

天津真人の日記

千鳥の誕生日サプライズを決行した。

一緒に竜洋富士の階段を登っていくとき、テンションが高まっていたぼくは、いつの間にか千鳥を置いて先を行っていた。

途中でそのことに気づき、千鳥のところまで降りて手を差し伸べたけど、千鳥は拒否してひとりで上がっていった。
千鳥らしいなと思った。
そして、サプライズの瞬間がやってきた。
下の公園に百個の電球を設置した。
結果は、大成功！
燦然と光り輝く「HAPPY　BIRTHDAY　CHIDORI」の文字が見えた。
千鳥は嬉し泣きするほど喜んでくれた。
ぼくは言った。
「これはぼくがしたいからやってる。見返りを求めるのは愛じゃない」と。
ちょっとキザな言葉だけど、本当にそう思っているんだ。だからつい言ってしまった。
上手くいったことでぼくもすごく興奮している。
今晩はどうも眠れそうにない。

さて。
考えなければならない。
千鳥は怒るだろうか。
「もしもまた、君が忘れてしまったら知らない男として現れる」と言ったら。

たぶん嫌がるだろう。


結婚していたことを話せば、きっと千鳥はぼくを受け入れようとする。

そして好きになるよう「努力」するだろう。

けど、きっとぼくを好きにはならないと思う。


千鳥は警戒心が人一倍強い。

自分の心に相手が入らないように、他人との間に線を引いている。

そんな千鳥に結婚していたと告げたら、おそらく混乱するだろう。

記憶障害を抱えていて余裕がない上に、結婚の事実も告げたら心がぐちゃぐちゃになって、ぼくを追い払おうとするかもしれない。

時間をかければ好きになってくれる可能性もなくもないが、一年以内にそうなるかはわからない。

やはりそう思う。


それなら、もう一度、知らない男として現れて、最初から始めたほうがいい。

ぼくを好きにならないうちに一年が過ぎることが一番怖い。

だから、千鳥がどんなに嫌がっても、計画を実行するつもりだ。


もちろん、記憶を失わない可能性もある。

本当はそれが一番いい。

あとは、祈ることしかできない。

二〇一七年　五月八日

磯山さんの話によると、わたしに天津真人を紹介されたのは昨年の十一月。

わたしが彼と一緒に聖華浜松病院に来ていたときに、ばったり会ったという。彼女が旦那さんの仕事の都合で聖華浜松病院を今月いっぱいで辞めることをわたしに話していると、その話を聞いていた彼が、「夫です」と自己紹介してきたそうだ。

だからわたしはしかたなく、（そう見えたらしい）彼のフルネームと、十月に結婚したことを彼女に伝えた。その後、彼女は年末に御殿場に引っ越し、わたしと会ったのはそのときが最後だった。

磯山さんが知っていたことは、それだけだった。

彼の容姿や話し方などの特徴を聞いて、彼女の見た天津真人が、わたしの知っている天津真人であることはほぼ間違いないと思った。

今日は仕事が休みだったので、わたしはなるべく頭を冷静に保ちつつ、役場に向かった。

自分の戸籍を確認したかったのだ。

家の棚に入っているわたしの戸籍抄本は、両親が他界した直後のもの。

去年、わたしが彼と結婚したのなら、戸籍は更新されていて、わたしの姓も「天津」に変わっていると思った。

しかし、確認すると――わたしの戸籍は、「尾崎千鳥」のままだった。

磯山さんが嘘をつくとは思えない。

真面目そうな人だし、わたしが結婚していたなどという嘘をつく理由がない。

ということは……事実婚？

なんで、籍を入れなかった？

なんで、彼は結婚のことを秘密にしている？

今までの情報から考えたら、すぐにわかった。

『天津真人はもう一度、尾崎千鳥に自分を好きになってもらおうとしていた』

彼にとって、愛はこだわりのあるもの。

今までの言葉や行動を見ても明らかで、彼の小説からもそのことはわかる。わたしは三作目しか読んでいないけど、どの作品の購入レビューにも「作者の描く愛への美意識やこだわりが素晴らしい」という趣旨の感想が多かった。

わたしは、彼との過去のストーリーを予想する。

わたしたちの出会いは、昨年の始めくらい。

その後、恋愛関係になって結婚することになった。

そのときに、『わたしがまた記憶を失ったらどうするか？』ということを話し合った。

彼は「知らない男として現れ、もう一度好きになってもらう」と言った。

わたしはそんな必要はないと言ったけど、彼は「そんなのは愛じゃない」と言って、頑として聞かなかった。

もしも二〇一七年もわたしが記憶喪失を起こした場合、籍を入れたら保険証などから結婚の事実が判明してしまうため、籍を入れずに結婚したのだ。

なぜ記憶喪失から三ヵ月後に現れたのかというと、自分の症状を知ったわたしが落ち着いてから計画を実行したかったから。

栞や小林先生が彼のことを知らないふりをしているのは、彼に口止めされているため。

そう考えると、すべてつじつまが合う。

あとは、どう出会ったのかということ。

その答えだけはまだはっきりしない。

今のところ、『取材のために近づいた』くらいしか思いつかない。

わたしはただでさえ極度の人見知りだ。

その上、この症状を抱えてからは、極力、新たな人間関係を築かないようにしてきたはず。

そんなわたしが知らない人と会話するなんて、そういった特殊な理由があったとしか思えないのだ。

それにしても——わたしが結婚って。

突拍子もない事実。

けど、なぜだか、絶対にそうじゃないとは思えない。

まだ実感がないのか——もしかしたら小林先生が言っていたように、わたしの感情がなんとなくその事実を覚えているのかもしれない。

……そうか。

わたし、結婚したんだ。

こんなわたしでも、ぜんぶを受け入れてくれる人がいたんだ。

彼と生きていくことを決めたんだ。

そんなことを思っていると、じんわりと喜びが湧いてきた。

真っ暗だった心の部屋に、眩しい光が差し込んでくるような感覚になる。

わたしは、ずっと持ってはいけないと思っていた『希望』を持ち始めていた。

「……」

突然思い立ち、スマホでネット検索をする。

画面に記事が出てくる。

【『きみに読む物語』に続く感涙物語！　『光をくれた人』】

少し前に見かけて気になっていた映画紹介のネット記事だった。

『きみに読む物語』は、浜名湖パルパルで天津真人にも話した、大好きな映画。

この記事では、『愛と赦しをテーマに描かれる『きみに読む物語』や『P.S.アイラヴユー』に続く感涙必至の物語』と紹介されている。

浜松市鍛冶町にある商業施設、「ザザシティ浜松」の三階に入っている映画館の上映スケジュールをチェックする。

現在、公開中。

そのことを知った途端、自分でも驚くような行動に出ていた。

【今から会えない？】

わたしは天津真人にメールを送った。

はじめて自分から男の人をデートに誘ったから恥ずかしかったけど、それよりも、一緒に映画を観たい気持ちが勝った。

今日は会う約束をしていない。

この映画がおもしろいかはわからないし、彼もおもしろがってくれるかもわからないけど、記事の内容から考えると、『きみに読む物語』のような感動を味わえる可能性もある。

あの感動を彼と分かち合いたい。

彼と結婚していたという確信が、引っ込み思案なわたしの性格を大胆な性格へと変えていた。

そして三十分後——彼から【OK】という返信がきた。


上映開始の十分前、午後三時に映画館の前で待ち合わせることにした。

今日こそ先に到着しようと十五分前に着いたのだけど、また彼は先にいた。

わたしが着くと、彼はわたしの気持ちを見透かしたようにニカッと笑い、「またぼくの勝ちだね」と言った。


二人で映画を観た。

肝心の内容はというと——よくわからなかった。

よくわからないストーリーという意味じゃなくて、隣に座っていた彼の動きが気になってしまったのだ。

上映中、彼はたまに体勢を変えたり首を回したりして、ストレッチするような動きをしていた。そこまで頻繁ではなかったけど、映画がつまらないのかと思って内容に没頭できなかった。そして、しばらくすると彼の動きが止まって静かになった。

映画が終わり、シアタールームに照明がついて明るくなる。

その瞬間、

「つまらなかった?」

わたしが訊くと、彼はすごく驚いたような顔をして、

「……え?」

と声を出した。

わたしは、ぷいっと首を横に向けて、

「五分後に売店の前に集合ね」

冷たくそう伝え、彼を置いてひとりでトイレに向かった。

トイレの鏡の前で自分の顔を確認すると、思った以上に沈んだ顔をしていた。

はじめてこっちから誘ったのに。

男の人をデートに誘ったのもはじめてだったのに。

一緒に感動したかったのに。

落ち込んでいる最中、あることを思い出す。

昨日のサプライズ――。

「ＨＡＰＰＹ　ＢＩＲＴＨＤＡＹ　ＣＨＩＤＯＲＩ」と描いた電球は、ぜんぶで百個くらいあった。あの準備をたった一日でできるとは思えない。

もしかして……数日かけて準備をしてたのかも。それで疲れていたから、映画に集中できなかったのかもしれない。

そう思うと、悲しい気持ちが徐々に晴れていった。

そしてすぐに、売店の前まで戻った。

彼の姿が見えなかったので、彼もトイレに行っているのか、と思ってベンチに座って待つことにする。

しばらく待っても彼は現れなかった。

【まだ？】

メールを打つけど、返信がない。

それからまた五分ほど経過した。

しかたなく電話するけど、出ない。

彼の性格を考えると、この状況で呼びかけを無視するとは考えにくい。

なぜだか胸騒ぎのような感覚を覚え、男子トイレの前まで歩くと、ちょうど掃除のおじさんが扉を開けて中から出てきた。

「知人を探してるんですけど、中に誰かいますか?」

「誰もいませんよ」

映画館フロアは売店前を通りすぎないと出られない。出口は下へと降りるエスカレーターだけ。

ここは三階建ての商業施設なので、彼はわたしが売店に戻るよりも早く、二階か一階に移動したということだ。

どこに行ったのだろう。

また、なにかのサプライズ?

二階には大型玩具店もある。そこで買ったものをいきなりプレゼント、という展開も考えられる。

わたしはエスカレーターに乗って二階に移動し、大型玩具店やそれ以外の店舗もくまなく探した。けれど、彼の姿はどこにも見当たらなかった。

一階も地下一階も探しても見つけられない。

スマホの時計を確認すると午後六時を回っていた。

どこに行ったの? なんでメールも電話も返さないのよ?

いつの間にか、わたしの額には冷や汗がにじんでいた。

とにかく落ち着かなくてそのまま待っている気にはなれなくなり、一旦外に出ることにする。

鍛冶町通りに面した出入り口をくぐると——彼の姿が見えた。

道路脇にひとりで立っている。

わたしは安心する。

地獄の底から救い出されたような気分になった。

そして、急いで彼のもとに駆けていった。

と、彼が右手を挙げる。

けど、わたしに向かってじゃない。

鍛冶町通りを走っているタクシーに向かって手を挙げていた。

その光景を見ていたわたしの足が止まる。

タクシーが彼の前で停車する。後部座席のドアが開き、彼が乗り込もうとする。

そのとき、彼がわたしに気づいた。

そして、目が合った。

たしかに合ったのだ。

なのに——わたしから視線を外した彼は、そのまま乗った。

彼を乗せたタクシーは、どこかに消えてしまった。

わたしはしばらく、呆然とその場に立ち尽くしていた。


いつの間にか、帰宅していた。

どうやって帰ってきたのか、よく覚えていない。

それほど混乱していた。

彼に怒ってはいなかった。消えた理由もどうでもよかった。

ただ、ずっと現実感がなくてボーッとしているような状態だった。

彼と別れてから、自分の周囲だけに目に見えない薄い膜が張っているようだった。

繭に囲まれている虫のような感覚。

けど、繭の中にいるわたしは、けして幼虫みたいに「これから成虫になれる」ことを喜び、希望に満ちているわけじゃなかった。

楽しいも、嬉しいも、悲しいも、怒りも、なにもない。

すべての感情がなくなってしまったようだった。

自分から外界をシャットアウトして、なにも感じないようにしているみたいに。

ただうっすら感じるのは、不安と絶望。なぜだか、そんな黒い感情だけはうっすらあることを感じ取れた。

そして、こんな状態でも「前に進みたい」という思いだけは強く残っていて、自然と今後のことを考え始めた。

わたしはどうやって生きていけばいい？

彼がいなくなったとき、すごく怖くなった。

なぜあんなに怖くなったのか——。

わたしはきっと、『ひとりで取り残されること』が怖かったのだ。

栞はわたしを取り残して大人になった。磯山さんもわたしを置いて看護師になった。なにより両親は、わたしを残して消えてしまった。

だからわたしは、天津真人がいなくなったとき、無性に怖くなったのだ。

ひとり置いていかれるのが、怖くて怖くてたまらなかった。

ひとりで生きていこうと思っていたのに、強く生きようと思っていたのに、そんな覚悟ができていなかったのだ。

彼に心を許したことで、弱くなった。

こんな弱い自分は嫌だ。

こんな弱い自分でいたくない。

けど、どうやって生きていけばいい？

お父さんもお母さんももういない。これからひとりで生きていけるの？

しかも、こんな厄介な症状を抱えながら。

このままずっと、記憶障害が続いたら？

わたしはそんな人生に耐えられる？

わたしに未来はある？

夢を追いかけることなんてできるの？

この症状を抱えながら進むにはどうすればいい？

前に進みたい。前に進みたい。

考えているうちに——あることを思い出した。

二〇一七年　五月九日

お昼過ぎ、配送から帰ってきた栞が店に入るなり、

「彼から連絡あった？」

訊いてくる。

「まだ」

店内の掃除をしていたわたしは無表情で答えた。

昨日、彼と別れてからこれまで、連絡は一切なかった。

栞が腕を組んで深刻そうな顔をする。

「きっと、どうしようもない事情があったのよ」

「……そうかもね」

わたしが微笑すると、栞は怪訝な顔をした。

「あんた、やっぱ変よ。本当に怒ってないの？」

「だから、怒ってないって」

ケロッとした顔で答える。

「それほど緊急事態の用だったのかもしれないし。ずっと連絡がないのも、それだけ余裕がないんじゃない？」

「じゃ、彼とはまだ会うの？」

心配そうな顔をする栞に、わたしは笑顔を向けて答えた。

「もう、終わりにする」

「千鳥……」

「外、掃除してくるね」

なにか言いかけた栞を置いて、ほうきとちりとりを持って外に出た。

彼とわたしが過去に結婚していたとしたら、栞はもう一度わたしたちをくっつけたいはずだ。普通じゃないわたしには、支えになる人がいたほうが安心できるだろうから。

だけど、その期待には応えられない。

わたしのスマホが短い着信音を鳴らす。

メールを開く。

【昨日のこと、説明させてほしい】

天津真人からだった。

昨日別れてからはじめてのメール。浜名湖パルパルで喧嘩した後とは違う。

わたしは指先を動かす。

【いいよ。夜、どこかで会う?】

そう送ると、すぐに返信が来た。

【七時にアクトタワーのお店で待ってる】

その文章の後に、お店の名前と詳しい場所が書かれていた。

わたしはスマホをしまって、店先の掃除を始めた。

仕事が終わって一度家に帰り、浜松市のランドマーク、浜松アクトタワーに向かった。

その二階にあるレストランの入り口に、彼が立っていた。

到着したわたしを確認した彼は、店員さんに「二人でお願いします」と伝える。

わたしたちは店内に案内された。

お洒落(しゃれ)なリゾートレストラン風の店内はほぼ満席で、ひとつだけ空いていたプールサイドのテラス席に連れられた。

わたしが席に座ると、彼は立ったままプールの水面をじっと見つめていた。

彼の密着番組を思い出す。

「ほかの席、空くまで待ってる?」

優しい声でわたしが言うと、彼は驚いたような顔をした後、

「いや、ここでいいよ」

椅子に腰掛ける。

わたしのひと言で、自分の密着番組を見られていることを理解したようだった。

幼い頃に母親に虐待されていた彼は、『囲まれた水』が怖い。水の中に入るとパニックを起こし、水温に関係なく凍えるような寒さを感じてしまう。

もしも見るだけでも怖くなるのなら、この席に座らせるのは気の毒だと思った。

わたしたちは店員さんに飲み物を注文する。

彼は、なかなか話し始めなかった。

飲み物がテーブルに到着して少し待っても黙っていたため、わたしから切り出した。

「なんで急にいなくなったの？」

するると、彼はようやく重い口を開いた。

「……急な仕事が入ったんだ。本当にごめん」

後ろめたさを含んだ声で、奥歯にものの挟まったような言い方をする。

「……そう」

わたしは表情を変えずにそう答え、アイスティーを少し飲んだ。

「怒ってないの？」

「どうして？　しかたないじゃない」

彼の様子からすると、本当に急な仕事だったのかはわからない。どんな理由にせよ、それほどの緊急事態だったのだろう。言いたがらないことを無理に言わせてもしかたない。丸一日連絡しなかったことも事情があったはずだ。

目の前のアイスティーを見つめながら分析するわたしの様子を、彼はじっと見つめていた。

わたしは顔を上げて微笑する。

「もう、あなたとは会わない」

「……なんで？」

その声色からは、ショックを受けるとか、諦めるとかいう類いの後ろ向きな気持ちは一切感じられず、この状況を打開しようとする頑な意思だけが伝わってきた。

わたしは薄く笑い、

「あなたにわたしの気持ちはわからないわ」

そう答え、すぐに言葉をつなげる。

「腕時計は返さなくていい。預けたかもしれないしあげたのかもしれないけど、過去のわたしがあなたを信用して渡しただろうから」

そのまま、席を立つ。

「待ってよ!」

彼の顔を見る。

「わかるよ……ぼくにはわかる」

その瞳は、哀しみで満ちていた。

わたしは少し呆れたような笑顔を見せ、

「なにが?」

「……君の気持ち。君は、ほかの誰かになろうとしてるんだろう?」

「……」

「会った瞬間にすぐわかったよ。妙に大人ぶってるし、感情を抑えつけてるみたいで、いつもの君じゃない」

——彼の言うことは当たっていた。

昨日の夜、これからどう生きていこうか考えていたわたしは、やがてある言葉を思い出した。

『聡明でクールな大人の女性ならどうするか？』

彼がわたしの前に現れたことで慌しくなって、ここ数日ずっと忘れていたけど、わたしはそんな人間になりたかったのだ。

そんな人物になりきって生きていこうとしていたのだ。

仕草も振る舞いも考え方も行動も「わたしのイメージする理想の女だったらどうするか？」というのを、いつも意識しながら生きていく。

そう生きていこうとしていたのだ。

だから、聡明でクールな大人の女性なら——そう考えた。


きっとそんな女性でも、これからどう生きていけばいいかはすぐにはわからないだろう。

ただ、少なくとも、もう彼とは会わない。

わたしは過去に彼と結婚していて、彼はまた、わたしを好きにさせようとしている。

でもこのまま一年に一度、わたしが記憶を失い続けたら?

彼はずっと同じことを繰り返すかもしれない。

わたしは彼の時間を奪い続けることになるのだ。

わたしが理想とする人間は、そんな人生を選ばない。

わたしは彼の計画を拒否する必要がある。

普通の彼は、普通の女性と結婚するべきだ。普通じゃないわたしと一緒にいてはいけない。

わたしは、ひとりで生きていく。

こんな症状を抱えていても、ひとりで強く生きていく。

そんな結論に達し、今度こそ『聡明でクールな大人の女性』になりきって生きていこうと強く決めていたのだ。

彼が続ける。

「ぼくもそうだったからわかるんだ。子供の頃、頼れる存在がいなくて、怖くて怖くてどう生きていけばいいかわからなくて、『神様みたいなもの』に頼った。でも、やがてそれが見えなくなった」

彼の密着番組で説明されていた。

幼い頃に母親を亡くした彼は、『神様みたいなもの』に頼り、それが見えなくなった後は『非行』に頼り、最後に『小説』にたどり着いたと。

「だからその後は、『強い自分になりきること』を選んだ。本当の自分を捨てて、いつも強い男を演じようとした。そうすれば自分の感情が無視できると思ったんだ。淋しさや孤独や恐怖から逃れるためにそうせざるを得なかった。そのままで生きられなかったから……」

彼は眉をひそめ、わかってほしくてたまらないというような話し方をする。

「でもね、そんな生き方をしているとおかしくなるんだよ。そのうち本当の自分の気持ちがわからなくなって、もっと苦しむことになる」

非行に走った彼はやがて少年院に入った。

苛立ちや不安に襲われて、誰かれかまわず傷つけ、自傷行為も行うようになった。

「君は、怖さをごまかすためにそうしているんだよ。そのままで生きていけないから、そうやって……」

「あなたになにがわかるのよ！」

言葉を遮り、大声で怒鳴(どな)った。

バカな考えかもしれないし間違っているのかもしれない。

けれども、進み方がわからなくて、ただ前を向いて歩きたくて、わたしなりに必死に出した答えだ。それを全否定されたように聞こえた。

「じゃ、頼る人がいなくなったわたしはどう生きればいいの？　こんな症状を抱えて、これからどうやって生きていけばいいの⁉」

わたしには、彼にとっての『小説』のような生きがいはない。その上、こんな厄介な症状も抱えているのだ。

興奮したわたしは、彼の言葉を待たずに行動に出た。

「とにかく、あなたとはもう会わない。もう決めたの！」

財布の中からお父さんが撮影した、わたしがミス浜松になったときの写真を取り出す。

彼は写真を持ったわたしの手をつかみ、

「なにするの？」

制止しようとする。

「離して！」

その手を振り払った。

この写真をいつも持ち歩いていると言い当てられたことで、過去に会っている親しい人かもと思って警戒心が弱まった。

「こんなものがあるからいけないの」

わたしは写真をグチャグチャに丸める。

そして、唖然とする彼を尻目に、プールに向かって歩いていく。

後から悔やむことはわかっていた。

本当は引くに引けなかっただけかもしれないし、彼を困らせたかっただけかもしれない。

けして論理的に考えて決めた行動じゃない。この場の勢いでしていることだ。お父さんへの罪悪感もあった。

けれど――わたしは写真を思い切り投げた。

写真はプールのちょうど真ん中辺りに着水し、水面に浮かんだ。

席まで戻って彼に言い放つ。

「これで来年は、あなたと親しくなることはない！」

「……」

彼は黙ってプールに浮かぶ写真を見ていた。

怖くてたまらない、水に浮かんでいる写真を。

と、彼が立ち上がる。

「……ちょっと」

彼はわたしを無視し、プールに歩いていった。

まさか――思った矢先、水の中に入る。

ドボン、という大きな音と共に、水しぶきが飛び散った。

すぐに店員さんがやってきて、

「お客様――」

彼はその呼びかけも無視し、胸まである深さの水の中を歩いていく。

彼は震えていた。

それはわたしの知っている人体の震えじゃなくて、工事現場で働く人が地面を踏み固めるときに使う機械で押されているみたいにガタガタガタガタと凄まじい速度で激しく揺れていた。彼の意思ではどうすることもできない強大な力が働いていると、遠目から見てもはっきりと見て取れた。

その震えは、彼と写真との距離が縮まるにつれ、より激しくなっていった。

わたしは彼が心配になる。

「……もう、いいから！」

彼はまるでわたしの声が聞こえていないように進んでいき、写真を手にした。

そして、そのまま向こう側のプールサイドへと向かっていった。

わたしは店員さんと一緒に彼を引き上げる。

地面にへたり込んだ彼は、体を激しく震わせながら言った。

「お騒がせしてすいません、体を拭くものを貸してもらえませんか？」

店員さんが走っていく。

彼は震える手でわたしに写真を差し出す。

受け取って写真を見つめると、罪悪感がこみ上げてきた。

彼は、突然、わたしの両肩をぎゅっとつかんで真剣に見入る。

彼の震えが伝わって、わたしの体も小刻みに揺れ始めた。

「……君を怖がらせて、本当にごめん」

静かだけど、力強くてゆっくりとした口調。わたしがずっと忘れないように、記憶に刻み込ませようとしているような話し方だった。

「でも、ほかの誰かになろうとしなくてもいいんだ。君が前に進もうとしているのはわかるけど、そこまでしなくてもいいんだよ」

言っている意味は完全には理解できていなかったけど、彼の懸命な顔を見ていたら目の奥がどんどん熱くなっていった。

「……わたしはどうしたらいいの？」

震えた声で、さっきした質問を彼にもう一度する。

「ぼくが一緒にいる」

「……」

「怖さはなくならないけど、大切な人がそばにいたら怖いままでも生きていけるんだ。綺麗事じゃなくて、本当にさっきのぼくみたいに、怖いままでも進んでいける」

彼の言葉を聞いたとき、希望の光が差し込んだような気がした。

「今はまだ、君の大切な人になれていないけど、怖いときには怖いって、ちゃんと言ってもらえるような存在になる。ぼくが君のそんな存在になるから」

わたしの頬を涙が伝っていく。

「君は、そのまま生きていける。そのままで素晴らしい人なんだ。そのままでちゃんと前に進めるから、ほかの誰かになんてならなくてもいいんだよ」

わたしは肩を震わせてしゃくりあげた。

そして、徐々に声をあげて泣き始める。涙がどんどん溢れ出て、ぼとぼとと流れていって止まらなくなった。

いつの間にか、わたしを覆っていた見えない繭は消えて、外界とのつながりを取り戻した感覚になっていた。

急にいろんなことが怖くなった。

けど、この人がいたらどうにかなると確信できた。

だから、このまま感情に任せて全力で泣いてしまいたいと思えた。

気づくと、彼に抱きついていた。

「あなたが消えたとき、すごく怖かったの。お父さんもお母さんも死んじゃって、みんなわたしを置いていって、今の時間にわたしだけずっと取り残されていて、あなたもわたしを置いてどこかに行っちゃうと思って……」

彼にぎゅっと抱き寄せられた瞬間、不思議なくらいに落ち着いた。

胸の中にあった苛立ちも淋しさも恐怖も嫉妬(しっと)も、嫌な気持ちが瞬く間にぜんぶ消えて、安心だけが残った。

たとえこの先、どんなに苦しいことが起こっても、彼が守ってくれると思った。

彼と一緒に、生きてみたいと思った。


彼の服はひどく濡れたし、わたしも涙で顔がぐちゃぐちゃになったので、わたしたちは一旦、それぞれの家に帰ることにした。

その後、すぐに彼が車でわたしの家まで迎えに来た。

一昨日のサプライズデートの帰り、わたしたちは今夜会う約束をしていたのだ。

もう遅いから日を改めようと提案したのだけど、彼はこのデートの準備をしていたらしく、結局根負けしてしまった。

彼と会うのはいつも夕方か夜。

彼は会社員じゃないし、わたしも週に何日か休みがあるのに、昼間に彼を見たのは、わたしから誘った昨日の映画デートだけだった。

　車の中で訊いてみた。

「なんで夜ばかり誘うの？」

「夜が好きなんだ」

「どうして？」

「街灯やネオンが光ってロマンチックだから。それに、家族も見えるし」

「家族？」

「住宅街の灯り（あか）を見ると、なんだか、気持ちが暖くなるから」

　その言葉に、幸せな家庭を求めている気持ちが表れている気がして、わたしは少し淋しくなった。

　だからかもしれない。

　彼の淋しさを拭いたくなり、昨日のことを話した。

「昨日、家具屋さんに電話した」

「あぁ、バイトしてたとこ？」

「まだ仕事したいとかは言ってないけど、なんとなく世間話……」

「そう」

　それ以上、なにも訊かれなかった。

強要するように仕事のアドバイスをしたことを反省しているように見えた。改めて、なんの見返りも求めずにあの資料を集めていたのだとわかった。

家具の仕事に興味はある。やってみたい気持ちもある。あれだけ資料を集めてもらって、彼に向いているとも言われている。彼が支えてくれることもわかっている。

ただ、まだ勇気が出ない。

もしも挑戦してもダメだったらと思うと、怖くて怖くて、どうしても進めないのだ。


天津真人と、中田島の海に行った。

彼と一緒に砂浜を歩いている間、わたしはずっと考えていた。

お互いをどう呼んでいたのだろう。

栞や小林先生にはどうやって彼を紹介したのだろう。

プロポーズの言葉はなんだったのだろう。

もしかして、一緒に暮らしていたのだろうか。

この数日間、彼はつらくなかったのだろうか?

思えば彼のデートにはいつもプランがあった。

浜松城公園で出会ったとき、ゲームを提案してわたしを挑発した。あれは、負けず嫌いなわたしを挑発すれば、賭けに乗ると思ったから。

うなぎ屋に行ったのは、もう一度、うなぎ茶漬けを食べさせたかったから。

浜名湖パルパルでの喧嘩も、浜松まつりに連れていったのも、両親の死をわからせたかったから。

誕生日のサプライズやプレゼントは、未来に希望を持たせるため。

実際にそんな目的があったかわからないけど、その行動にわたしが救われていることはたしかだ。

このことを狙ってやっていたとしたら……少なくとも逆の立場だったら、わたしならまず実現できない。

天津真人は超人。

今までを見ていると、彼には実現できないことはないとさえ思えてくる。

「この辺でやろっか」

立ち止まった彼が、トートバッグからなにかを取り出した。

花火。

手持ち花火、打ち上げ花火、ロケット花火……いろいろな種類がビニール袋に入っている。

「よし、まずはこれからだ」

彼は大きな打ち上げ花火を手にとった。

「いきなり打ち上げ花火？」

「ダメ？」

「そういうわけじゃないけど、普通は手持ち花火から……」

彼はわたしの言葉をスルーして、チャッカマンと花火の袋を手にし、歩き始めていた。

始めてから数秒で、もう花火に夢中になっている。

本当に、子供みたいな人。

十メートルほど離れた場所で立ち止まった彼が、砂浜に打ち上げ花火を立てる。

そして、導火線に火をつけようとした瞬間——わたしは吹き出した。

彼の腰がかなり引けていたのだ。

必死に右腕だけを伸ばして、火をつけようとしている。

わたしは笑いながら言う。

「その格好、なんなのよ」

「導火線が短いんだよ。つけたらソッコーで逃げないと……」

着火させ、導火線から火花が出始めた。

彼が急いで逃げ出す——が、転倒し、「イテッ！」という声をあげた。

その光景があまりにも格好悪くて、わたしは笑った。

もう何度目だろう。彼のこのギャップに笑うのは。

華やかな火花のシャワーが上がる。
そのそばで寝ている彼も、げらげらと笑っている。
「笑ったな、みてろよ！」
起き上がった彼が、袋からロケット花火を取り出し、砂浜に刺す。
「君を狙ってやる！」
一瞬、本気で狙われると思って、全力で走って逃げた。
しばらく離れてから後ろを振り返ると、空でロケット花火が弾(はじ)けた。
「冗談だって」
遠くから彼の声が聞こえてくる。
ほっとして、地面にへたり込む。自分の必死さに気づいて、また笑った。
その後も、彼と一緒に花火を楽しんだ。
こんなに走ったのも、こんなに笑ったのも久しぶりだった。
線香花火をしているとき、変な感覚に包まれた。
なんだか急に、自分を客観的に見られたのだ。
わたしには栞という親友がいる。
小林先生という信頼できる担当医もいる。
いつでも働いてほしいと言ってくれる家具屋の奥さんがいる。

そしてわたしを想ってくれる、天津真人が目の前にいる。

わたしは、普通に生きられているのだ。

普通の人として生きているのだ。

恵まれているのだ。

そう思うと、世界が黄金色に映った。

たぶんわたしは、今日の出来事を一生忘れないだろうと思う。

また記憶を失ったとしても、この思い出は心の底に永遠に残っていて、いつまでもキラキラと輝き続ける。

そんな予感がした。


帰りの車中、運転する彼に訊かれた。

「明日、会える?」

「うん」

わたしたちのデートの約束はいつもこう。帰り際に次に会う日を決めてきた。

と、あることを思い出す。

「明日って、たしか……」

「そう。十一日が期限の日だから、明日の十日が最後のデートかな?」

彼と出会ってもうすぐ二週間が経とうとしている。

「もう？」とわたしが言うと、

「わりと早かったね」と彼。

「早かった……」わたしは素直に返す。

本当に。あっと言う間だった。

彼はクスリとして、

「で、クイズの正解はわかった？」

クイズとは、つまり、天津真人の正体のこと。

「……まぁ、だいたい」

「それは楽しみだな」

彼とは結婚していた。

これが彼から出されたひとつ目の『どんな関係だったか？』というクイズの解答。

でも、二つ目の『どうやって出会ったのか？』のクイズはまだわかっていない。

「次のデートだけど——ご両親のお墓参りに行きたいんだ」

一瞬、言葉を失う。

今年は一度も両親のお墓参りには行っていない。もしかしたらこの三年、今までずっと行っていないかもしれない。

浜松まつりで二人を思い出して泣いた後も、お墓参りに行くほどの気持ちにはなれなかった。

「ぼくがゲームに勝ったら、君と付き合うことになるでしょ。そうなったときのために、あらかじめご挨拶しておきたくて」

彼の目的はわかっていた。わたしに気持ちの整理をつけさせて、少なくともこれからの八ヵ月は、前を向いて歩いてほしいのだろう。

「……まだ、怖い？」

彼が優しい瞳でわたしを包み込む。

「怖い……けど、大丈夫そうな気がする」

彼と一緒なら、怖くても行けそうな気がしていた。

いつかは行かなくちゃいけない。このまま先延ばしにしていても、あまりよくないような気がした。

彼はほっとしたような表情を浮かべ、

「お昼過ぎくらいがいいんだけど、仕事は？」

めずらしい。昼間に誘われるのはこれがはじめてだった。

「休み」

明日は栞が店を閉めて華道教室を開く。本当は明日は開く予定はなかったけど、先週、急に開くことにしたと栞から言われた。

「よかった。あ、せっかくだから、明後日の期限の日もデートしようか。だから、その夜が最後のデートだ。なにしたい？」

　少し意外だった。

　これまでは、わたしが突然思い立って誘った映画デート以外、すべて彼がプランを立てていたから。

「わたしが決めるの？」

「ぼくばっか突っ走りすぎたかと思って」

「今さら？」

「……たしかに」

　顔を合わせて笑い合う。

　わたしは思いつく。

「鍋（なべ）……鍋が食べたい」

「好きなの？」

「うん、知ってた？」

「初耳。なに鍋？」

「なんでも」

言ってなくてもおかしくない。

鍋が好物ではなく、雰囲気が好きなのだ。家族で食べる鍋が好き。栞と食べる鍋が好き。そういった、親しい人と食べる鍋が好き。こんなこと、日常の会話じゃなかなか出てこない。

「わかった。お店、探しとくよ」

「……そうじゃなくて」

「え?」

わたしはブスッとした顔でうつむく。

「どしたの?」

「……なんでもない」

鍋は家でするものなのに。家でリラックスして、親しい人とするから楽しいのに。その暖かい時間が好きなのに。

本当はそう言いたかったけど、恥ずかしくて言えなかった。

まだ、素直になれていない。

わたしは去年、彼とどんなふうに付き合っていたのだろう?

もっと彼に素直になれたのだろうか。

自分から好きとか言っていたのだろうか。

自分から手を繋いだりしていたのだろうか。

わたしがそんなふうになっているところが想像できない。

でも、これからもっとそうなれたらいいと思う。

彼と一緒にいられる時間はまだまだある。

もっと距離を縮めて、二人の思い出をたくさん作りたいと思った。


家に帰ったわたしは、居間のソファに倒れこんだ。

今日はいろいろとあって疲れた。

というか、彼と会った日はなぜかこんなふうにエネルギーを大量に使ってしまう日が多く、いつも帰った瞬間にソファに倒れこんでいる気がする。

と、台所に置いてあった洗い物が目についた。

面倒だな、と思いつつも、疲れた体を起こす。

台所で洗い物を始める。

プラスチック製の保存容器を洗っている最中——台所の壁と冷蔵庫のわずかな隙間に容器の蓋を落としてしまった。

三〜四センチほどの隙間しかないから手を入れたくても入らない。

ため息をつく。

面倒だったけど、力を込めて冷蔵庫をちょっと移動させて、隙間に手を伸ばした。

すると——予想外の感触。

プラスチックの蓋じゃない。

細くてやわらかくてニョロッとしていて、その先には丸くて硬いものがついている。

もしかして——。

わたしはそれをつかんで手前に引いた。

腕時計だった。

伊豆旅行に行くちょっと前に両親から買ってもらった、成人祝いの時計だ。

去年、わたしが落とした？

台所で洗い物をするときに置いて、なにかの拍子にこの隙間に落ちて……ずっと今まで気づかなかったってこと？

彼が持ってたんじゃなかったの？

……よく考えたら、彼は『持っている』とはひと言も言っていない。『その時計のある場所を知っている』と言っていた。わたしが勝手に持っていると思い込んでいただけだ。

でも、なんで彼は『場所を知っている』なんて言い方を——。

ここにあることを知っていた？

……そうか。

記憶を失う直前まで、わたしは腕時計を探していたんだ。彼にそのことを話していた。たとえば、「腕時計が消えた。でも家に帰ったときまでは腕につけていたことを覚えているから、絶対に家の中のどこかにある！」とか言っていたのかも。

つまり、彼はわたしがゲームに勝ったら、「時計は君の家の中のどこかにある。けど詳しい場所は知らない」と言うつもりだった？

それが、彼の知っているすべてだった？

わたしは思わず笑ってしまい、ソファに座り込む。

知ってしまったらなんてことはない。こんな単純な理由だったのだ。

彼は、わたしをゲームに乗らせるためにこの話を持ちだしたのだ。

わたしは腕時計を見つめる。

「……」

これで、彼とゲームを続ける理由はなくなった。

もう会う必要もない。

と、メールの着信音が鳴った。

天津真人からだった。

【今日はありがとう。明日はお昼のデートだから、夜更かしはダメだよ】

わたしは腕時計を居間にある棚の二段目にしまう。

そして、彼に返信した。

【わかった】

天津真人の日記

中田島の海で千鳥と花火をした。

ビクビクしながら打ち上げ花火の導火線に火をつけるぼくを見て、千鳥は大笑いしていた。

火がついてから急いで逃げ出すぼくを見て、また笑っていた。

砂浜に倒れてお腹を抱えて笑っていた。着ていたキャミソールが砂まみれになるくらいはしゃいでいた。

あまりに笑うから、ぼくはロケット花火を持って「君を狙うぞ！」と嘘をついた。

千鳥は、あわてて逃げていった。

ぼくが「冗談だよ」と言うと、千鳥はまた寝転んでげらげらと笑っていた。

二人ではしゃいで大笑いして。

こんなに楽しかった日は生まれてはじめてだ。

砂浜で千鳥とじゃれ合っているとき、不思議な感覚に包まれた。
世界が虹色に見えた。

千鳥が笑っている。
ぼくも笑っている。
ぼくたちは幸せな時間を過ごしている。

それだけでいい。
ほかにはなにもいらないと思った。

きっと今、はじめて気づいた。
小説と出会って救われたと思っていたけど、違った。
千鳥との出会いが、本当の救いだった。
今日、そのことがわかった。

千鳥より、大切なものはない。

二〇一七年　五月十日

彼が家に着いた後、一緒に歩いてお寺に向かった。

家から一キロも離れていない場所。そこには父方の祖父と祖母も眠っている。

向かう前は食欲もなくてお昼も食べられなかったけど、歩いているときはそこまで緊張しなかった。

たぶん、彼が明るく違う話をしてくれていたからだろう。

先日、わたしから星の話を聞いた彼は、自分でもめずらしい星座の名前をいろいろと調べているという。

カメレオン座、けんびきょう座、がか座、わたしも知らない『はちぶんぎ座』という星座まで知っていた。天体の高度を測る道具で、航海中に使われていた『八分儀』がモチーフだそうだ。

そんな話をしているうちに、いつの間にかお寺に着いていた。

二人でご住職に挨拶をして、手桶（ておけ）とひしゃくを借りた。手桶に水を入れて、墓地の敷地前までたどり着く。

たくさんのお墓が並んでいた。

今年、一度もここには来られなかった。

行くと思い出してしまいそうで、寄り付かないようにしていた。どこかに行くときも、近くを通りそうなときは、わざわざ違う道を使って遠回りしていた。

彼と一緒に歩き、尾崎家のお墓の前までたどり着く。

墓石の裏側を見たときに、心臓がドキッとした。

両親の名前と命日が彫られていた。

本当だった。

本当にお父さんとお母さんは、いなくなってしまったのだ。

「……」

わたしの体が硬直する。

と、肩にやわらかい感触がした。

「大丈夫？」

彼の手がわたしの肩に添えられていた。

わたしはうなずき、お墓に向かい手を合わせて礼拝した。

墓石に水をかけ、花立てに水を入れた後、持ってきた百合(ゆり)の花を挿す。

徐々に両親の顔が浮かび、過去の光景が描かれ始めた。

お父さんは――強くてたくましかった。

幼稚園のときに大雨が降り、家の前の道路に水があふれてわたしの膝丈くらいまでの高さになった。お父さんはわたしを片手で抱えて裸足で道路に出て、幼稚園の送迎バスに乗せてくれた。お父さんの二の腕はとても力強くて、わたしはぜんぜん怖くなかった。

小学生の頃、クラブ活動の終わる時間が夜遅くなり、父兄が車で学校まで迎えに来た。体育館前で待っていたお父さんは、自動車整備用のつなぎを着て油まみれで……わたしのお父さんだと友達に知られるのが恥ずかしくて、わたしは車までひとり先に歩いてお父さんを待った。後からお母さんに、お父さんはそのことに気づいていたと聞かされた。「千鳥に恥ずかしい思いをさせた」と言って落ち込んでいたらしい。どうしてわたしは――お父さんを恥ずかしいと思った自分が恥ずかしい。

感情豊かな人で、応援している野球チームが勝った日はいつも機嫌がよかった。

わたしが間違ったときはいつもわたしの目をじっと見て、優しく話して聞かせて……叩かれたりしたことは一度もなかった。


お母さんは――いつも優しかった。

授業参観の日は、必ず友達から「綺麗なお母さんだね」と言われる自慢の母だった。

わたしが元気のないときは誰よりも早く気づいて悩みを聞いてくれた。お母さんに話す受け入れてくれて……。

と心が軽くなった。どんなときもわたしの味方で、言うこともぜんぶ肯定的で、すべてを受け入れてくれて……。

お父さんと結婚する前は小学校の先生をしていたこともあってか、アドバイスの内容も的確だった。どんな悩みもお母さんには相談できたから、わたしは人に言えない悩みをひとりで抱え続けたようなことは一回もなかった。

なんでも教えてくれた。勉強も教えてくれたし、料理も一緒によくつくった。買い物もよく一緒に行った。

おおらかで、他人の悪口を一切言わない人だった。

どこか子供っぽかったお父さんに比べ、お母さんは成熟した人だったように思う。いつも笑顔で、怒った顔もあまり見たことがない。尾崎家の精神的支柱はお母さんだったのかもしれない。

成人式の記念写真を撮る日、家でお母さんに振り袖の着付けを教えられた。

わたしが面倒臭がっていると、お母さんは微笑みながら、

「いつか結婚したら、こういうこともぜんぶ自分でやらないといけないのよ」

と言うから、わたしは、

「それじゃ、一生結婚しない。ずっとこの家にいる」

と子供のような返答をした。

もっとしっかりしたことを言えばよかった。

お母さんは死を迎える直前、きっと心配だっただろう。わたしがこれからひとりぼっちになってしまうことを、すごく心配していただろう。


いつの間にか、わたしの顔は涙でぐちゃぐちゃになっていた。その情けない顔を彼に向けて、言った。

「とても……送り出す気になんかなれない」

彼は優しく微笑み、

「……うん」

と静かに答える。

「でも……やっとはっきりわかった。二人が死んじゃったこと」

わたしはロウソクに火を灯し、線香をあげて手を合わせる。

目を閉じて、心の中で話し始めた。


――お父さん、お母さん。

二人が死んじゃってすごく悲しい。

けど、悲しいまま、なんとか頑張ってみる。

悲しいことを受け入れて、そのまま前に進んでみる。

わたしは目を開けて、彼に微笑みかけた。

彼はちょっと驚いた目をして、

「もういいの？」

と訊く。

わたしはうなずく。

「二人がもういないこと、やっと受け入れられた気がする」


二人でお墓を出た。

その瞬間、彼は腰に手をあてて、晴れ渡っている青空を見上げた。

そして、大きく息をつく。

緊張が解けて、とても安堵したような様子だった。

少し笑みを浮かべ、達成感の溢れるような清々しい表情が印象的だった。

わたしは眉間にしわを寄せ、

「なに、ほっとしてるの？」

と訊く。

彼は、少し焦ったような顔をして、

「いや、上手く言えたなと思って」

そういえば昨日、わたしの両親に挨拶すると言っていた。

たしかにわたしがお参りした後、彼も線香をあげてお参りしていた。

ただ、彼にとってこのお墓参りの目的は、わたしの気持ちを整理させるためだと思ったから、本当にそんなことしているとは思わなかった。

「本当に挨拶したの？」

「心の中でね。娘さんと、お付き合いさせて頂くことになるかもしれませんって」

「……変な挨拶」

「そう言われると、そうだね」

苦笑いする彼に、わたしは言った。

「ありがとう。あなたと一緒だったから来れた」

彼と一緒に、歩いて家に向かった。

天津真人の日記

千鳥と一緒に、ご両親のお墓参りに行った。

千鳥は悲しんでいたけど、お線香をあげた後、ぼくに微笑み、

「二人の死をやっと受け入れられた気がする」

と言っていた。

そして、「あなたと一緒だったから来れた」と言われた。

帰り道、千鳥がお腹が空いたと言うので、近所の蕎麦屋に寄った。


帰宅した後、以前調べたアメリカ人女性の症例をもう一度、読み返した。

彼女は恋人が暴漢に殺された瞬間の記憶が蘇るというフラッシュバックを繰り返すうちに、記憶障害が完治した。

ぼくは勘違いしていたのかもしれない。

もしかしたら、彼女が回復した理由は、「フラッシュバックを何度も体験して脳がショックに耐えられるようになったから」ではないのかもしれない。


明日から改めて、記憶障害の症例を詳しく調べることにした。

これまでは千鳥と似たような症例を闇雲（やみくも）に調べていたから時間がかかっていたけど、調べる方向性を絞れば、もっと早く千鳥を救う方法がわかるかもしれない。

二〇一七年　五月十一日

仕事帰りの夕方、わたしは近所のスーパーにいた。

持っていたカゴに入っていたのは、白菜、しらたき、豆腐、牛肉。

つまり、すき焼きの材料。

なぜこの食材を買っているかというと、結局わたしが家鍋を諦め切れなかったからだ。

彼にはまだ言っていない。というか、言えていない。

今までのわたしの態度が態度だけに、いきなり自分から「家で鍋をやりたい」などと積極的なことを言うのが恥ずかしかった。そんな中学生のような理由で。

考えた末、彼が家に迎えに来る直前に言うことにした。

やっぱり、わたしの家でやらない？　と。

尾崎家では、めでたいことがあった夜、たいていすき焼きを食べていた。

わたしの高校や大学の合格発表のときも、ミス浜松のグランプリになったときも。

両親は、わたしがすき焼きを大好きだと思っていた。

『思っていた』というのは、実はわたしがそこまで大好物ではなかったからだ。もちろん嫌いではないし好きなのだけど、正確に言うと大好きではなくて、まあ好き程度のものだった。

でも二人は、いつからか『千鳥はすき焼きが大好き』と思い込んでいた。きっとすき焼きを食べていたいつかのわたしが「美味しい」となにげなく言った程度のことだったとは思うのだけど、そんなひと言で、二人の頭には『千鳥はすき焼きが大好物』とインプットされていたのだろう。

何年も前からその思い込みには気づいていたけど、鍋の雰囲気は好きだったし、二人の喜ぶ顔を見ていると、まあいいかと思って、結局本当のことは言いそびれてしまった。

両親がいつも笑顔だった楽しいすき焼きの時間。

そんな時の流れを、彼とも体験したい。


会計を済ませてスーパーから出たわたしは、スマホを取り出す。

電話帳を開き、『天津真人』の名前を出す。

発信ボタンを押そうとして……やめた。

やっぱり恥ずかしいから、家に迎えに来たときに伝えよう。

そう思って、再び歩き出す。

と、そのとき——。

キ———ンという音が鳴り響く。

耳鳴り。

夜寝る前とか静かなときには聞こえることはあるけど、こんな日常生活の真っ只中では感じたことはない。

体調が悪いのかも。

とりあえず、早く帰ろう。

思って、前を向くと、わたしは変なことを考えてしまった。

——家って、どっちだっけ？

視界がぼんやりしてくる。

薄れゆく微かな意識の中で、遠い記憶が蘇ってきた——。


「……鳥！　千鳥！」

お父さんの声が聞こえてくる。

頭に血がのぼっている感覚。

目が覚めると、世界が真っ逆さまになっていた。

わたしはひっくり返った車の後部座席にいる。

体が熱い。

パチパチ、という炎が燃える音。

車が燃えていた。

わたしの額から生温かい液体が流れている。

今は地面にある車の天板部分に垂れ落ちて溜まっているのを見て、それが血だとわかった。

運転席にいたお父さんがわたしのシートベルトを外す。

「早く出ろ!」

前の席は事故の衝撃で変形し、空間がほとんどなくなっていた。

お母さんの顔が微かに見えた。意識を失っている。

お父さんは足が挟まって上半身しか動かせないようだった。

わたしが戸惑っていると、

「出ろぉ!」

優しいお父さんのはじめて聞く怒鳴り声。

わたしは怖くなり、わけもわからずに後部座席のドアを開けて外に出た。

すぐに車が爆発した。

その光景を、わたしはただ呆然と見ていた——。

気がつくと、見覚えのある天井。

「千鳥？」

栞がいる。その隣には小林先生も。

二人とも、なんだか深刻な表情をしていた。

「わたしのこと、わかる？」

状況が把握できない。

「なに言ってんの、栞」

栞が胸をなでおろす。

わたしはなんで聖華浜松病院にいるのだろう。さっきまでの記憶があるし、栞のことも
わかるから記憶喪失は起きていないことはたしかだろうけど。

部屋の時計を見ると、午後八時過ぎ。あれからかなり経っている。

先生に話を聞いた。

スーパーの前で倒れたわたしは救急車で運ばれたという。

本当は磐田市内の病院に運ばれる予定だったのだが、一年に一度倒れ続けているわたし
は自分の症状や栞や小林先生の連絡先などが書かれている『あんしん情報カード』を持っ
ているため、それを見つけた救急隊が聖華浜松病院まで搬送してくれたそうだ。

「千鳥ちゃん、倒れる前のことは覚えてるかい？」

わたしは小林先生に、耳鳴りがしたこと、一瞬、家の場所がわからなくなったことを話

した。そして、両親に関するなんらかのことを思い出したような気がしたけど、詳しくは覚えていないこと、それが夢かもしれないことも説明した。

「ただの疲れだと思うけど、今日は寝ていきなさい」

と言って先生は出ていった。

「ビビらせないでよ、また忘れちゃったのかと思った」

栞が涙目で抱きついてくる。

「大丈夫だよ……あと八ヵ月もあるんだから」

わたしは栞の頭を撫でた。

この三ヵ月ではじめて気づいた。

普段はわたしを気遣って明るく振る舞っているけど、栞も強く願ってくれていたのだ。

今度こそは、わたしの記憶が失われないことを。


栞が帰った後、スマホを確認した。

予想通り、彼からの着信とメールでいっぱいだった。

【着いたよ】

【どうかした？】

【どこにいるの？】

【大丈夫？】

【すぐに電話してくれ】

そのメッセージから、徐々に心配の重みが大きくなっていたのがわかって、ことの重大さに気づいたわたしは、すぐに彼に電話する。

「もしもし！」

ワンコール目で出た彼に、事情を説明した。

「とにかく、たいしたことなくてよかったよ」

「……ごめんなさい」

「君が悪いわけじゃないから謝らなくていいよ」

彼はそう言い、電話を切った。

鍋は……また今度すればいいか。

ゲーム終了の期日は今日だけど、今やその期限も答えもそこまで重要じゃない。

これからも彼とは会い続けるだろうから。

緊張が解けたら、喉（のど）が渇いた。

飲み物を買いに自動販売機まで行くと、ロビーのベンチに座る小林先生が見えた。

声をかけようと思った瞬間——

「先生！」

天津真人が走ってくる。

この時間、正面入り口は閉まっているため、救急入り口からきたようだった。

「真人くん」

小林先生が彼の名を呼ぶ。

その光景を見たわたしは、咄嗟に自販機の陰に隠れた。

見てはいけないものを見てしまったような気がしたのだ。

『先生』『真人くん』と呼び合っている彼らは、間違いなく、自分たちの関係をわたしに隠していたと判明した。そうしていた理由には、わたしが関与している確率が高い。

二人の会話が聞こえてくる。

「千鳥ちゃん、さっき目を覚ましたよ」

「ええ、栞ちゃんもかなり動転してて、さっき連絡もらったんです。その後、千鳥からもかかってきて……」

これで彼が栞とも親しかったと判明した。

わたしが倒れたら彼にも連絡が行くようになっていたのか。

夫だったのだから当然と言えば当然だけど。

「座って話そうか」

先生が彼に笑みを向け、答えるように彼が隣に腰掛けた。

なんだか、二人で並んで座る後ろ姿が、とても親しげに見える。

まるで、長年の付き合いのような感じ。

「真人くん、ちゃんと寝てるのかい？」

「はい？」

「顔色がよくない」

「大丈夫です。ちょっと寝不足なだけで」

「……あまり無理しないほうがいい」

「もうちょっとで終わりますから。あ、昨日、お墓参りに行ったんです」

「……そう」

「はい……それで、千鳥の体調は？」

「……」

「先生？」

「記憶喪失の直前に起こる症状が出始めている。毎年起きているものと同じだ。本人には言ってないけど、今回はいつもより早いかもしれない」

「そんな……それじゃ……」

「いつもは記憶喪失の一ヵ月前くらいに出ているから、もうすぐかも」

「まだ八ヵ月もあるのに……」

「一月二十七日という日は、フラッシュバックを起こすトリガーにすぎない。今まではその日が近づくと強制的に思い出さざるを得なかったが、今回は千鳥ちゃんの無意識が自発的に思い出そうとしているのかも。彼女は、前に進もうとしているかもしれない」

「いい兆候なんですか？」

「断言はできないけど」

「……よかった」

「仮に千鳥ちゃんがまた記憶を失ったら、また、やるつもりかい？」

「もう一度、千鳥に好きになってもらうことですか？」

「うん」

「もちろん」

「その決断は……変わらない？」

「決めたんです、千鳥と結婚した二年前に。千鳥がぼくを忘れるたび、二〇一五年のデートを再現するって」

天津真人の日記　二〇一五年　十二月二十八日

千鳥が病院から抜け出した。

記憶喪失の前兆の目眩で倒れ、もうすぐまた、この一年を忘れるかもしれないと知ったからだ。

千鳥はそれを前兆の症状と知らなかったが、小林先生と相談し、悩んだ末に「もうすぐ記憶を失う可能性が高い」と本人に伝えた。

なにもわからずに一年前の自分に戻ってしまうのは、あまりにも可哀想（かわいそう）だと思ったから。

消えた千鳥を探すため、過去の日々を思い描いた。

すぐにわかった。

千鳥はあの場所にいる——と。

浜名湖に浮かぶ弁天島の赤鳥居。

日没が近づくと、夕日が赤鳥居の中心まで落ちて神社の鏡のように輝く。

いつか千鳥は言っていた。

嫌なことがあると、ここに来ると。

湖上でひとりぼっちでも力強く立っている赤鳥居を見ていると元気になると。

この秘密を話すのも、誰かを連れてくるのも、あなたがはじめてだと。

ぼくたちはあのとき、スマホで写真を撮影した。

千鳥は、コンビニでプリントしようと言った。

そんなことできるの？　とぼくが言うと、千鳥に笑われた。

今は機械がスマホのデータを読み取って、すぐにプリントできるという。


あの場所に千鳥を迎えに行った。

弁天島海浜公園にいた千鳥は、ぼくの姿を見た途端、駆け寄って抱きついてきた。

そして言った。

どうしていいかわからないと。

あなたとは離れたくないけど、迷惑をかけたくない。

あなたの時間を奪い続けたくないから、別れたほうがいいと。

ここまで来る途中に、記憶を失った後の自分がぼくを好きにならないようにと、突発的に日記も捨ててしまったという。

ぼくは、大丈夫だと答えた。

そんなことは思わないでいい。

ぼくが君と一緒にいたいんだ。

そう伝えた。

千鳥はもう、ぼくの人生そのものなのだから。


これで、千鳥がこの一年間の記憶を失う確率が高まった。

準備はしてある。

このまま千鳥が忘れてしまったら、ぼくは今年の、二〇一五年のデートを再現する。

一月にはじめて千鳥と出会ってからこれまで、千鳥が喜んでくれたデートはたくさんあるけど、とりあえず、思い入れのある十七個のデートをピックアップした。ここからまだ増やすつもりだ。

三月二十五日「駅前のうなぎ屋」
四月五日「はままつフラワーパーク」
四月十日「浜名湖パルパル」

四月十七日「浜松市動物園」
五月三日「パンケーキ屋&浜松まつり」
六月十四日「浜松アクトタワー展望回廊」
六月三十日「浜松城」
七月二十二日「中田島の海で花火」
八月一日「竜ケ岩洞」
八月八日「磐田市のアンティーク家具屋」
八月十九日「掛川市の猫カフェ」
九月二十六日「うなぎパイファクトリー」
九月二十七日「プラネタリウム」
十月七日「竜洋富士」
十月二十日「かんざんじロープウェイ」
十一月六日「浜名湖オルゴールミュージアム」
十一月十一日「滝沢展望台」

仮に来年、二〇一六年の一月二十七日前後に千鳥が記憶を失ったら、千鳥が落ち着いた四月頃に知らない男として現れて、これらのデートを再現しながら、千鳥に好きになってもらうつもりだ。

不幸中の幸いと言ったらおかしいけど、千鳥の日記ももうないから、計画はやりやすくなった。

期間は九ヵ月もあるから焦ることはない。


千鳥。

怖がらなくていい。

ぼくはちゃんと、君に好きになってもらうから。

二〇一七年　五月十一日

弁天島海浜公園にいたわたしは、ライトアップされている赤鳥居を眺(なが)めていた。

いつもはここに来たら元気が出るのに、今日はそんなことなかった。

湖上の鳥居をいくら見つめても、虚しい時間がただ過ぎていくだけだった。

後ろから誰かが走ってくる音が聞こえてきた。

「千鳥……」

振り返ると、トートバッグを持った彼が立っていた。

息切れしている彼を見て、やっぱりか、と思う。

そう、二人で撮ったあの写真の場所は、ここだった。

背景の海だと思っていたものは、浜名湖。

過去のわたしは、栞も知らないこの場所に彼を連れてきたのだ。

「遅かったね……」

覇気のないわたしの言葉に、彼は少し驚いたようだった。

そして目線を下げて言った。

「足……」

彼の視線の先は、わたしの足元。

見ると、スリッパだった。

そうか。

たしか、彼と小林先生の会話を聞いた後、病衣姿でスリッパのまま走って、そのままタクシーに乗ったんだった。

「千鳥、帰ろう」

彼が無理に笑みをつくる。

油のように淀んだ空気を少しでも明るくしようとしている。

「いっぱい、訊きたいことがあるの」

彼は覚悟を決めたように、

「うん」と力強い目をわたしに向ける。

「わたしたちが結婚したのは、二年前？」

彼が瞠目する。

でもすぐに、

「そうだよ」と答える。

まるで、いつかは言うつもりだった、というふうに。

「正確には、一年半くらい前。二〇一五年の一月に出会って、十一月に結婚した」

「……今までは、その年にしたデートを再現してた？」

「……」

答えない。

ここまでわかっているとは思わなかったのだろう。

YESということ。

「……台詞も？」

「ぜんぶが同じじゃないけど、内容は似たようなことだった」

「それを去年も一昨年もしてたってこと？」

「……」

「わたしは、今年も去年も一昨年も、あなたに同じようなことをされて喜んで、同じようなことに悩んで、同じように心を開いていったってこと?」

彼は少し躊躇した後、言った。

「……うん」

ぜんぶ演技だった。

少なくとも、彼から誘ったデートは。

うなぎ屋でのデートも、パンケーキも、浜松まつりで両親の死を認知させたことも、プラネタリウムも、誕生日のサプライズもプレゼントも、あの花火も。すべてが造られた虚像の時間だった。

それだけじゃない——。

いつの間にか目尻(めじり)から流れていた涙を手で拭い、わたしは核心へと迫る。

「去年もプロポーズしたんでしょ?」

去年の十一月に磯山さんと会ったとき、わたしは「十月に彼と結婚した」と彼女に伝えていた。そのときは、二回目の結婚だったということになる。

「……した」

「わたしは、あなたの計画を知ってた?」

彼は言いにくそうに口を開いた。

「……知らない」

「去年は……出会ってからどれくらいで結婚したの？」

「……六ヵ月くらい」

つまりこういうことだ。

最初に彼と出会ったのは記憶喪失がはじめて起きた直後の一昨年、二〇一五年の一月。そして何回かのデートを重ね、二〇一五年の十一月に結婚した。

去年二〇一六年の一月にわたしは二度目の記憶喪失を起こす。彼は面識のない男としてわたしと出会い、もう一度わたしを好きにさせようとした。二〇一五年と同じデート、同じ台詞を言って。彼の作戦は成功し、わたしたちは十月にまた結婚した。

だが、今年二〇一七年の一月にわたしは三度目の記憶障害を起こす。二週間前に彼はわたしの前に現れ、また同じようなことをしてわたしを好きにさせた。

記憶障害を抱えてからずっと、彼とわたしは一緒にいたことになる。

「今年もプロポーズされたら、わたしはまた、同じようにOKしてたってこと？」

「それはわからない」

「わかるよ！　だって、どうしようもなくあなたに惹かれてたから！　同じ結果だったよ！」

そう言って、ふと思いつく。

「わたし……過去にもひとりでここに来たの？」

　彼はうつむく。

「もうすぐ記憶を失うと知ったわたしは、過去に二回ここに来て、あなたはそのたびにこうやって迎えに来たの？」

　祈るような気持ちで訊く。

「……来た」

　その答えを聞いて、絶望に引きずり込まれる。

「過去のわたしはなんで、ここに来たの？」

「どうしていいかわからないって。あなたの時間を奪い続けたくないから、別れたほうがいいって。ここでそう言っていた」

　わたしたちが写っていた写真の裏には、わたしの文字で「天津真人を信じないで」と書かれていた。

　今はあの矛盾した行動の理由がわかる。

　プールで写真を投げたときも、同じようなことを思った。

　きっとわたしは、彼と別れたかったのだ。

　記憶をなくす直前になって、彼に迷惑をかけたくないと思い、未来のわたしの気持ちにストップをかけるためにあの写真とメッセージを残した。けど、彼との関係を完全に断ち切る踏ん切りもつかなかったため、本棚というわかりにくい場所に隠したのだ。もしかしたら、日記も同じような理由で捨てたのかもしれない。

——でも。

今のわたしの心境は過去二回ここに来たときとは違う。

だから過去のわたしがここに来た理由を聞いたときに少しほっとした。今のわたしにとってこの違いが唯一の救いだったのだ。彼を好きになるのが三度目で、今回は二週間という短い期間で、なにより、彼が同じことを繰り返していたとはじめて知ったからこんな気持ちになっているのだろう。

わたしはふっと鼻で笑った後、言った。

「そこだけは過去と違う。あなたに迷惑をかけるのが嫌で、ここに来たわけじゃないの」

彼が目を見張る。

こんなこと言われるなんて、思っていなかったのだろう。

本当にわたしの気持ちに無頓着(むとんちゃく)な人だと思った。

「わたしはあなたの操り人形じゃないの……」

彼の表情が悲しげに曇る。

「今までどんな気分だった？　過去と同じようにできて楽しかった？」

「そんな……ぜんぶが同じだったわけじゃない。二週間の期間を決めたのは今年がはじめてだし、君が家具をつくっていたことも今年はじめて知った。記憶障害の人の仕事の資料も去年よりかなり充実して……」

「そういうことじゃないの！」

遮り、わたしは怒りをぶちまける。

「今年も去年も一昨年も、同じようなデートして、同じような台詞を言われて、わたしはそのたびに舞い上がってドキドキして、救われた気になって、生きる希望を見出(みいだ)した気になって……でも、実際はわたしの意思なんてぜんぜん関係なくてあなたに踊らされていただけで、わたしは人生を前に進められないどころか、同じことを繰り返していることにも気づけなかった……」

思ってもいない憎まれ口が出てくる。

……そうじゃない。

心の底にこんな気持ちがあるから出てくるのだ。

わたしは本当、嫌な女だ。

口を真一文字に結んでいた彼が言う。

「……ごめん。正直、そこまでは考えてなかった。ぼくにはこの手段しか思いつかなかったから……」

——卑怯者！

言いそうになるのを堪える。

こんなことに苛立ってもしかたがないのだ。

「別にいいよ。どうせわたしは、また忘れるから」

わたしは諦めたように薄く笑う。

「そしたらどうする？　あなたはまた同じ手段でわたしを好きにさせる？」

「……」

答えない。

もう、彼のなにもかもが信用できなくなった。

いろいろと助けようとしたのも、もう一度、わたしを好きにさせるためだったのだ。

「この症状で不自由になったけど、あなたに助けられて解放されたと思った。でも本当は、ぜんぜん自由じゃなかった。あなたにコントロールされてただけだった」

彼は罪人のようにうなだれる。

思えばこの二週間、何度も同じようなことを思った。彼はこの症状になったことがないから、わたしの気持ちがわからないのだと。

「わたしのことなんでも知ってるんでしょ？　じゃあ教えてよ。わたし、どうやって生きていったらいい？　他人に操られていたことにも気づけないのに、どうやって前に進んだらいいの？」

彼は黙って肩を落としている。

彼にこの苦しみがわかるはずがない。彼はわたしじゃないのだから。

「わたしはいったい、なんのために生きてるの？」

わたしたちは、永遠にわかり合えないのだ。

「あんたみたいな普通に生きてる人に……わたしの気持ちなんてわからないよ！」

静寂が響く。

浜名湖の静かな波の音が、静けさを一層際立てていた。

「これを……見てくれないか？」

彼が沈黙を破り、手にしていたトートバッグからなにかを出した。

一冊の分厚いノート。

「ぼくたちの日々が綴（つづ）られている。重要な部分には付箋（ふせん）を貼（は）ってある」

わたしはそのノートよりも、彼の変化に気を取られる。

彼の声はか細く、ノートを差し出すその手も小刻みに震えているように見えたのだ。

顔色も異常に悪かった。

そういえば、さっき先生からも「顔色がよくない」と言われていた。

「これを読めば、今の気持ちも少しは変わるかもしれない」

わたしは呆れる。

体調を崩すほど無理をしていたとしても、彼のつくり上げてきた時間は独りよがりの虚像の時間だ。頑張る方向がズレている。

「二人の思い出を読んだところで、なにか変わると思ってるの？　それは偽物の時間なのよ？」

「そういうことじゃなくて……君の苦しみが軽くなるかも……これは……過去の君にも見せたことはない」

彼がふらふらとわたしに向かって歩いてくる。その歩みは強い風でも吹けば倒れてしまいそうな頼りないものだった。息遣いも荒い。

「千鳥……頼むから、見て……」

突然、彼が糸の切れたマリオネットのように倒れる。

そして、動かなくなった。

わたしはゆっくりと歩み寄る。

「ねえ……」

返事がない。

彼の体を仰向けにして抱いた。

「ねえ……ねえ！」

反応しない。

それどころか——異常な状態になった。

彼が痙攣し始めたのだ。

わたしはポケットに入っていたスマホで救急車を呼んだ。


すぐに救急車が到着した。

彼は救急隊員に運ばれ、わたしも一緒に救急車に乗り込んだ。

走っている車内で彼が倒れたときの様子を隊員に訊かれる。わたしが説明すると、救急隊員はどこかに電話をした。

「患者は、くも膜下出血、もしくは脳梗塞の疑いがあり——」

搬入先の病院への電話。わたしは咄嗟に、聖華浜松病院に向かってほしいとお願いする。

脳の手術なら腕の良い小林先生に任せたほうがいいと判断したのだ。

わたしは先生のケータイに連絡した。


救急車が聖華浜松病院の救急入り口前に到着する。

ストレッチャーに乗せられた彼が車から降ろされた瞬間、小林先生が走ってきた。

「真人くんー、聞こえるかいー？　真人くんー？」

彼は無反応だった。

「先生、彼が……急に倒れて……痙攣して……」

取り乱すわたしの肩を先生がつかむ。

「千鳥ちゃん、今は一刻を争う。後で説明するから」

どういうこと?

まるで、彼が倒れることを知っていたような口ぶり。

そのとき——手首をつかまれた。

彼だった。

気を失っていた天津真人が目を見開き、わたしをじっと見ている。

どこか困惑しているように見えた。そして、めずらしい生き物でも見るみたいに、わたしをじっくりと観察していた。

彼が口を開く。

その瞬間、彼の言いそうな言葉が頭の中に何種類も浮かんだ。

『ここ、どこ?』

『心配しないで。たいしたことないから』

『ずっと君を騙すようなことしてて、本当にごめん』

『驚いた? 本当は元気だよ』

『実は、重い病気を患っていて、あと少しの命なんだ』

けれど、彼が言ったのは、わたしが予想した言葉のどれでもなかった。


「君は……誰？」


と、彼が頭を抱えてうめき声をあげる。そしてまた気を失い、体を痙攣させ始めた。

「早く運んで！」

小林先生に言われ、救急隊員が彼を病院の入り口へと運んでいく。先生も後を追いかける。

「……」

これまで抱いていた彼へのいくつもの違和感が、線でつながったような感覚になった。

わたしは先生の背中に向かって叫ぶように声を出す。

「先生！」

先生は振り返る。

「彼はどうして、わたしがわからないの？」

先生は真剣な顔で言った。

「……真人くんも記憶障害なんだ。彼は、一日しか記憶を保てない」

天津真人のプリント　二〇一七年　五月十一日

天津真人へ。

時計を見てくれ。

朝の八時三十分のはずだ。

寝坊していたとしても、まずは、ぼくの指示に従ってほしい。

これは、ぼくがぼく自身に宛てた手紙だ。

パソコンの文字だから、まだ信じられないかもしれない。

誰かの策略ではないかと思っているかも。

手書きのほうが信用してもらえると思ったが、これには理由がある。

付箋①と付箋㉑を貼ったこの二枚だけは、この二週間、加筆修正して更新する必要があった。パソコンで書くほうが都合がよかったんだ。

この事実を信用してもらうため、君が誰にも話したことのない秘密を暴露しよう。

君のお尻の右側には蒙古斑（もうこはん）がある。

これだけで十分なはずだ。

格好(かっこ)つけたがりの君にとって、この秘密を誰かに知られることは、ある意味、死よりもつらいはずだから。

ぼくの指示に従えば、すぐに状況を飲み込める。

早ければ午前中に、時間がかかっても午後三時頃までに、君の心の整理も、君の準備も、すべてが整う手筈になっている。

それまでは電話に出るな。メールも返信するな。


今の君の状況を説明しよう。

君は昨日、都内の病院で手術を受けていたはずだ。

それなのに、なぜ、見たこともない部屋にいるのか?

手術は成功したのか? 失敗したのか?

その事実すら把握し切れていないと思う。

君がいる場所は東京じゃない。

静岡県の浜松市なんだ。

ここは君が自分の意思で借りたマンションだ。

家賃も公共料金も口座から引き落とされているから心配いらない。

なぜ、ここにいるのか？
すべてを理解してもらうため、これまでのことを詳しく説明しよう。
最初に大切なことを伝えなければならない。

君は、一日しか記憶を保てない。

正確に言うと、一度眠ったら、今日の出来事をすべて忘れてしまうんだ。
病名は「前向性健忘」という。
最後の記憶は、手術直前の二〇〇九年十一月六日のはずだ。
けど、今の君はもっと先の未来にいる。
この文章を書いている時点では二〇一七年五月十日。
一日しか経っていない感覚だろうけど、実際は七年半も経過している。
君は手術の後遺症で、新しい出来事を記憶できなくなってしまった。
この文章を読んだことも、寝たら忘れてしまう。
二十五歳のつもりでも、実際は三十二歳になっている。
タイムスリップした気分だろう。
まるで浦島太郎だ。けっこうなショックを受けていると思う。

でも、大丈夫。

君は、尾崎千鳥に救われる。

テーブルの上にある、ぼくと彼女が一緒に写っている写真はもう見たかな？

彼女のことは覚えているはずだ。

そう、君が二〇一五年に、一目惚れしたあの女の子。

実は、君は今、彼女に関する「ある計画」を実行している。

きっと不思議な気分だろう。

尾崎千鳥が愛おしい。でも、どこか混乱しているような、そんな感覚でいる。

その理由と、君の計画がなんなのかを知るためには、これから少しだけ時間旅行をする必要がある。

テーブルの上にある七冊のノートは、ぼくが一日しか記憶を保てなくなった二〇〇九年十一月から現在までの日々が記されている。

その日の出来事と気持ちを、ありのままに書いてある。

本当はすべて読んでほしいけど、流し読みするだけでもそうとうな時間がかかる。

そこで重要なポイントにだけ、①〜㉑の付箋を貼っておいた。

順番に読めば効率よく過去を知れる。読み終えるまで時間はそれほどかからない。

それじゃ、また後で——あ、最後にひとつだけ。

今の人生は、君が思うほど悪くはない。

読み終えたときには、きっとこの意味が理解できているはずだ。

では、行ってらっしゃい！

天津真人の日記　二〇〇九年　十一月十六日

どうしても信じられないから、日記を書いてみることにした。

ぼくは手術をした。

それまでの記憶はたしかにある。

二〇〇九年の九月五日。

小説の映画化が決まったぼくは、カフェで取材を受けていた。ノートPCでいつも小説を書いている天現寺のカフェだ。

その最中、突然頭が割れるように痛くなった。

そして気づいたらベッドの上にいた。

運ばれた広尾の病院で検査した結果、ぼくの脳には二つの腫瘍があるとわかった。

ひとつの腫瘍はまだ小さいため、これから薬物治療をしていけばいいと言われた。

しかし、もうひとつの大きい腫瘍は脳神経を圧迫しているため、すぐに手術をしなければ手遅れになるらしい。

この手術は難しいらしく、成功率はわずか三〇パーセント。

日本中の病院を調べた末に、静岡県浜松市の聖華浜松病院を見つけた。

脳神経外科の実績は日本トップクラスで、特に外科部長の小林卓郎先生は、脳神経外科の権威と呼ばれている。

彼に手術を頼んだぼくは、二〇〇九年十一月六日に脳腫瘍の摘出手術を受けた。

そして今日。

病室で目を覚ますと、小林先生がベッドの横にいた。

「天津さん、今日は何日かわかりますか？」

ぼくは答えた。

「十一月六日ですか？」

先生はバツが悪そうにぼくから視線を外し、ポケットからケータイを出して画面を見せた。

日付は、十一月十六日。

手術から十日も経っている？

困惑したぼくは、「十日も寝ていたんですか？」と訊ねた。

先生はかぶりを振った。

ぼくは九日前から毎朝「十一月六日ですか？」と、同じことを答えていたらしい。

まったく覚えていなかった。

ぼくの手術は成功し、ひとつの大きな腫瘍を摘出できた。

だが命が助かった代償に「前向性健忘」という障害を抱えてしまったそうだ。

慎重に説明する先生にぼくは言った。

「気を遣わずにはっきり言ってください」と。

先生はわかりやすく言ってくれた。

「君はもう、新しいことを記憶できない。眠ったらすべてを忘れてしまう」

自然に治る人も稀にいるそうだけど、ぼくはかなり重度なので治る見込みはほとんどないという。

まだ、信じられない。

天津真人の日記　二〇一〇年　二月二十七日

退院してから三ヵ月が経った。

目が覚めると、目の前にはＨＤビデオカメラ。

その横には一枚の紙。「起きたらこの映像を再生！」とぼくの字で書かれていた。

再生すると、ぼくが話していた。

ぼくのつくった、ぼくへのメッセージビデオだった。

撮影したのは昨日。

昨日のぼくに説明されたのは、以下の三点だった。

・病院に通いやすいように静岡県浜松市に引っ越してきた
・脳に残ったもうひとつの腫瘍も治療するため、定期的に聖華浜松病院に通っている
・二〇〇九年十一月六日以降、ぼくは一日しか記憶を保てなくなった

ぼくはこれまで、少しでも早く現状を理解するために、「ぼくへの説明方法」をひたすら模索してきたようだ。

その結果、まずは映像で説明するという方法にたどり着いたらしい。いい方法かも。

映像の自分に説明されたら、少なくともこれがドッキリとは思わない。

実際、その映像を見た後は、現実から目をそらすこともなく、わりとすぐに状況を飲み込めた。

その後、これまでの日記をすべて読んだ。

今までは現状を把握するのにかなり時間がかかっていたようで、自分にどう説明するかばかりに努力していて、未来のことまでは考えが到達できていなかったようだ。

この症状がどれだけ人生のハンデになるのか、まだよくわからない。

さあ、これから、どうやって生きていこう。

天津真人の日記　二〇一〇年　三月十二日

部屋の中が付箋だらけで驚いた。

講丹社(こうたんしゃ)の編集担当・鈴木(すずき)さんの電話番号、現在の総理大臣、消費税率、大きな事件や災害の出来事。

合計で百枚以上はゆうにある。

ぼくはどうやら、懇意にしている講丹社からの依頼で、数日前から雑誌のエッセイ連載を始めたらしい。

そのテーマが「時事問題」だったため、現代を把握しようとこんなことをしていたわけだ。

久しぶりの仕事だ。

エッセイを書くのははじめてだけど、この症状があってもやり切れるのかを試すいい機会だ。

こんなハンデはなんてことはない。

ぼくならできる。

この仕事が終わったら、以前から構想していた新作の小説を書こう。

天津真人の日記　二〇一〇年　五月二十三日

朝、講丹社の鈴木さんからの電話で目が覚めた。

突然、「連載を諦めませんか」と言われた。

いったいなんの話なのか、わからなかった。

エッセイなんて書いたことがなかったし、ぼくが原稿を落とすなんてありえない。締め切りに間に合わなかったことなんて、これまで一度もなかったのだ。

鈴木さんに促され、ビデオと日記を見た。

そして、絶望した。

この一ヵ月、ぼくは必死に時事問題を勉強してエッセイを書いていた。

しかし、事件や出来事を記憶できないため、原稿にボロを出さないように、書いたことが間違っていないか、文章が現代の空気を読めているかなど、細かいところまで気にするようになっていた。

その結果、筆が止まって文章が書けなくなっていた。

原稿は五回も締め切りを遅らせていた。

すべて理解した後、鈴木さんに電話を折り返した。

鈴木さんは、次は違うテーマのエッセイを書いてほしいと言ってくれたけど、断った。

仕事はお情けでもらうものじゃない。

他人のお荷物になりながら生きることは選びたくない。

だいたい、ぼくの本業は小説家だ。エッセイストじゃない。

たぶん、今までは怖くて向き合わなかったのだと思う。

小説を書くときが来たのかもしれない。

天津真人の日記　二〇一〇年　七月三日

書けない。

物語の輪郭(りんかく)は記憶を失う前からできていたから、正直ここまでダメだとは思わなかった。

小説は、書き残すものだ。

一日しか記憶を保てなくとも、毎日書いていれば少しずつでも作業が進んでいくものだと思っていた。

筆が進まない理由はいくつかあるが、最大の要因は、前向性健忘を持ったことで「血の通った登場人物」を創れなくなったからだろう。

小説のキャラクターは、一日では形成できない。

ぼくの場合、まずは登場人物と全体構成をなんとなく決めてから、小説を書き始めていた。

その後、長い時間をかけて物語を紡ぎながら、途中で何度もキャラクターの人格を修正し、やがてひとりの血の通った人物が誕生する。

キャラクターに命が吹き込まれた結果、物語は自然に動き出す。

意思を持ったキャラクターが、考えなくても勝手に動き出してくれるのだ。

その状態になるまで、書き始めてから数週間から数ヵ月かかっていた。

しかし、寝たら記憶を完全に失ってしまう今のぼくの脳では、登場人物が勝手に走り出すところまでたどり着けない。

いつまで経っても、機械的な動きしかしない人物のままなのだ。

寝ないことも試してみたが無駄だった。

どんなに長く起きていられても三日が限界だ。

キャラクターは脳の中で何日も熟成されなければ完成されない。

この一ヵ月、登場人物のメモだけが大量に残されていた。

身長、体重、職業、性格。こんな場面ならどうするか、こんな事件や困難をどう乗り越えるか。

あらゆることが書かれていたけれど、所詮、ただのメモにすぎない。

この情報はただの記号だ。こんな作業をいくら繰り返しても、血の通っていない機械的な人物しか作り出せないだろう。

器用な小説家なら、魂のない登場人物でも自然に動かせられるかもしれないが、ぼくはそんなタイプじゃない。

プロトタイプの人物を自然に動かせる技術なんて持っていないし、だいたい、そんな上手いだけの小説は死んでも書きたくない。

小説だけが生きがいだった。

諦め切れない。

どんな手段を使っても、ぼくは小説を書けるようにならないといけない。

天津真人の日記　二〇一〇年　九月二十三日

何度も何度も日記を読み返した。

そして、はじめて日記を書いたときの文章に、小さな光を見出した。

「自然に治る人も稀にいる」

言葉の真意を知るため、小林先生に話を聞きに行った。

先生は言った。

自然に治る人のほとんどは、心因性の記憶障害だと。

では、ぼくのような脳が損傷している外傷性の人は？

少ない事例しかないが、症状が回復した人もたしかにいるそうだ。

そこで、事故や病気で記憶障害になった後に記憶力が回復した人のデータを集めることにした。

そこに回復できるヒントが隠されているかもしれない。

小説が書けるようになるかもしれない。

もちろん、悪い結末も予想してしまう。

調べた上で、記憶力を回復する手立てがないとわかったら？

小説家の道が、完全に塞がれたら？
その可能性も考えてしまう。

天津真人の日記　二〇一〇年　十二月二十三日

まだ諦めるな。
まだ、やり切っていない。
諦めるな。

天津真人の日記　二〇一一年　六月二十三日

「ぼく以上に苦しんでいる人間は、世界に何人いるのだろう？」
過去の日記には、何度もこんな言葉が書かれていた。
この絶望感を、ぼくは毎日のように味わっていたのだろうか。
いつまでこの地獄が続くのだろう。
あと何年も、何十年も、もしかしたら、死ぬまで続くのだろうか。
日記を読み、思いつく限りの努力をしてきたとわかった。

それでも、状況は一向に好転しない。

小説を書けない。

印税がなかったら、とっくにホームレスだ。

そしてこの貯金も、やがては尽きる。

かと言って、一日で記憶を失うぼくに、普通の仕事なんて務まるわけがない。

仕事の手順も、それどころか人の顔さえも覚えられないのだから。

どうしたらいいのか、わからない。

天津真人の日記　二〇一二年　一月八日

今朝、警察署の留置場で目が覚めた。

唇も口の中も切れているし、体中が痛かった。

わけがわからなかった。

手術台の上で小林先生の顔を見たのが最後の記憶なのに、起きたら牢屋(ろうや)の中にいるのだ。

警察の人に話を聞いた。

昨夜ぼくは、浜松の千歳町で若者グループと喧嘩をしたらしい。

絡んできたのは向こうなので罪に問われることはなかったが、そのときのぼくは呂律も回らないくらい酔っていて、かなり興奮していたために一晩泊まることになったという。

警察署を出た後もしばらく放心状態だったが、ポケットに入っていたメモに書いてあった小林先生の連絡先に電話した。先生から説明を受け、自宅に帰って日記を読んだ後に、自分が記憶障害になったことをはじめて知った。

愕然とした。

小説が書けなくなり、希望を失い、ここ数日は毎日のように飲みに行っていた。

記憶障害になって二年も経っている。

過去の日記を読み返している最中、いくつかの言葉を思い出した。

本か、テレビか、歌詞か、ブログか。

どこかで聞いたことのある、薄っぺらい言葉の数々だ。

「止まない雨はない」

「時間が忘れさせてくれる」

「人生は悪くない」

笑わせんな。

こんなことを言えるのは、放っておいても自然に解決する小さな悩みだからだろう?

こんな陳腐な台詞に共感できるのは、本当の地獄を知らないからだろう?

俺にとっては、少しの慰めにもならない。

それどころか、こんな言葉を思い出すと、自分の問題が他人とは比べ物にならないほど強大なものだと気づいて、その孤独感はより一層大きくなる。

　雨は激しく降り続ける。

時間は痛みを肥大させていく。

人生はクソったれで、悪いことだらけだ。

クソったれ！　クソったれ！　クソったれ！　クソったれ！　クソったれ！

なんで俺ばかりこんな思いをしなきゃいけない？

俺がいったいなにをした？

ただ真っ直ぐ生きようとしているだけだろう！

なぜ俺からばかり奪う？

俺より恵まれた奴らはいくらでもいる！

俺より持っている奴は腐るほどいるだろう！

ズルい奴も、死んでもいいようなあくどい奴らはいくらでもいる！

一生、このままなのか？　だとしたら、俺はなんのために生まれた？

毎日起きて、自分のことを知って絶望し、寝て忘れて、また起きて絶望して。

苦しむために生まれたのか？

なにをしてんだ、俺は？　この二年間、なにをしていた？

なにかが変わったか？　成長したか？　人生は前に進んでいるか？

時間だけが過ぎていく。

時計の針は巻き戻せない。時間は取り戻せないんだ。

でも、どうすればいい？

戦いたい。

努力したい。

乗り越えたい。

けど、どうやって進めばいい？

その術（すべ）がわからない。

誰か教えてくれ。

俺は、これからどうやって生きていけばいい？

誰か教えてくれ。

天津真人の日記　二〇一三年　三月十日

日記をすべて読んで、三日間寝ずにあらゆる手段を考えた。
解決策はまだ見つからない。
どうやって生きていけばいいのか。
もう、どうでもよくなった。
しばらく日記を書くのをやめようと思う。
すべて読み返すだけでかなりの時間を要するし、気分も滅入る。
日常生活はメモだけでも事足りる。
試しに、メモ主体の生活に切り替えてみよう。

天津真人の日記　二〇一五年　一月三十日

久しぶりに日記を書く。
メモ主体の生活に切り替えてから、二年近く経っていた。
ぼくの生活は……相変わらずだ。

小説も書けていないし、エッセイの仕事も断っている。

貯金を食いつぶす毎日が続いている。

なぜ、また日記を書いたのか。

書き残しておきたい出来事が今日あったからだ。

一ヵ月ほど前、聖華浜松病院でグループカウンセリングが導入された。

記憶障害を持った人が集まり、それぞれが悩みを打ち明けていくというもの。

アメリカでは一般的だが、日本で行っている病院はまだ少ないらしく、記憶障害の研究に力を入れている小林先生が発起人となって始めた。

前から先生に誘われていたから参加してみたのだが、そこで衝撃的な光景を目の当たりにした。

三人目に話し始めた女性が、とんでもない子だったのだ。

彼女は悩みを打ち明けるどころか、突然、ぼくたちに怒り始めた。

この漢字で正しいかわからないけど、「尾崎千鳥」と名乗っていた。

うろ覚えだけど、言っていた内容はこんな感じだったと思う。

・

・記憶障害は病気じゃなくて体質

・世の中にはもっと苦しい人がたくさんいるかもしれない

・それなのにあなたたちは自分たちが一番不幸みたいな顔をしている
・人は前を向いて歩いていくしかない

参加者たちも小林先生も、口をぽかんと開けていたけど、このとき、ぼくに変化が起きた。

心の中に、なにかがぽっと点火されたような気がしたのだ。

大人っぽくてクールで物静かな感じで、こんなに激しいことは言いそうもない女の子だった。

そんな彼女が、とても熱く、遠慮なく、周りの目も一切気にせずに、ぼくらを強烈に罵(ののし)っている。

その姿が、彼女の嘘偽りない人間性を映しているようで、そのままで生きているように見えて、なんだか清々しかった。

彼女は最後に、「こんなところ、二度と来ない！」と言って出ていった。

その後、ぼくはひとりで笑ってしまったんだ。

自分の悩みがどうでもよくなった。

彼女の言うとおりだと思ってしまったのだ。

たしかに、この症状を持っていても、会話もできるし、ご飯も食べられるし、普通に動ける。忘れっぽい体質だと捉えればいいだけだ。
これからは、少し考え方を変えてみようと思った。
明日から、日記をまた書き始める。
もちろん、今日のことも明日になれば忘れてしまう。
だからこそ、この気持ちを書き残してみるのもいい。
前向きになったこの気持ちを書き残してみよう。
その記録を見たら、なにか変わるかもしれない。
日記は、そんな使い方もできる。

天津真人の日記　二〇一五年　二月三日

今日、浜松駅のバスターミナルで女の子を見かけた。
綺麗な子だった。
凜としていて、だけどどこか淋しげで、大人っぽい雰囲気だった。
バスを待っている間、ずっと彼女に見とれていた。
長い黒髪が特徴的で、身長は百六十センチくらい。
目が大きくて、その中で潤む黒目も大きい。

控えめな鼻と口は、キラキラと輝く瞳を一層際立たせていた。
ぼくたちは同じバスに乗り、ぼくが途中で先に降りた。
それだけだった。
ただ、この時間をつくってくれた神様に感謝した。
当たり前だろう？
ぼくみたいな人間が、彼女の人生に介入できるはずもないのだから。
けれど、ずっと気になっている。
家に帰った後も、この日記を書いている今も、やっぱり引っかかっている。
彼女は物静かでクールに見えたけど、中身は違うような気がしてならないのだ。
もっと子供で、感情豊かな女の子のような。
なぜだか、そんな気がしている。
なぜだろう。
彼女と会ったことがある？
遠い昔、会っているような気がする。
中学時代？
いや、もっと遠い記憶。
子供の頃？

思い出した。

信じられない。

奇跡が起きたかもしれない。


彼女を覚えている。

天津真人の日記　二〇一五年　二月四日

昨晩は眠らず、記憶障害の症例をネットで調べた。

ぼくのような外傷性の記憶障害を抱えている人でも、感情に強い変化が起きると、その出来事が記憶に刻まれることが稀にあるらしい。

ぼくはきっと、グループカウンセリングで出会った「尾崎千鳥」に一目惚れしたのだ。

あのときは一目惚れ自体がはじめてだったからわからなかったけど、昨日、バスターミナルで彼女を見たときも、あのときと同じ気持ちになった。

つまり、「彼女を好きだ」という強い感情が、症状を超越したかもしれないのだ。

この五年間で、はじめて記憶できた出来事だった。

朝一番で聖華浜松病院に向かった。

興奮していたぼくは、病院の廊下を歩く小林先生をつかまえて、尾崎千鳥のことを教えてほしいと頼んだ。

先生は「守秘義務がある」と言って教えてくれなかった。

だから昨日のことを説明した。

「彼女はぼくの生きる希望になるかもしれない」と。

先生はそれでも教えてくれなかった。

諦めてぼくが歩き出すと、後ろから小林先生の大きな声が聞こえた。

「千鳥ちゃんの個人カウンセリング、毎週やってるんだっけ？」

看護師さんも大きめの声で答えた。

「はい」

「何曜？」

「火曜日の午後三時です」

小林先生と看護師さんの優しさに感謝した。

千鳥。

めずらしいけど、良い名前だ。

彼女のおかげで、ぼくはまた、生きられるかもしれない。

天津真人の日記　二〇一五年　三月二十四日

合計六回。

毎週火曜日にカウンセリングを終えた千鳥さんを待ち伏せ、今日までデートに誘って断られた回数だ。

これまでぼくは、かなりの勢いで拒絶されていたようだった。

「チャラい」

「話しかけないで」

「しつこい」

「気持ち悪い」

「ストーカー」

ぼくを罵る彼女の言葉は、日に日に激しくなっていた。

今日は、「警察に電話する」とまで言われた。

振られ続けてきた事実をぼくは覚えていない。

毎朝毎朝、この日記を読み返してからはじめて恥を知る。

これだけフラれているのに、傷ついたことも、凹(へこ)んだことも、恥ずかしかったことも覚えていない。もちろん、その日はひどく落ち込んでいるのだろうけど。
嫌なことを忘れられるというのは、この症状の特権だ。

とはいえ、彼女に声をかける前は緊張する。
どうしても、悪いほうにばかり考えてしまう。
また断られるかも。
ぼくと会いたくなくてカウンセリングの日程を変えて今日はいないかも。
彼女の彼氏が待っていて「もう彼女につきまとうな」と言われるかも。
仮にOKしてくれても、その後はどうする？
こんな症状を持っているぼくと付き合ってくれるわけがない……。
だけど、最後にはいつも自分にこう言い聞かせている。
「どんなに怖くても、飛び込まないとなにも始まらない」と。

今日は千鳥さんから「警察」というショッキングな言葉も出たので、驚いたほかの患者さんが看護師さんに「女性が変な男につきまとわれている」と報告し、ちょっとした騒ぎになった。
騒ぎを聞いて駆けつけてきた小林先生に言われた。

「君たち、病院では静かにしなさい」

……しかし、今思うと、なにかおかしな言葉だ。

普通なら「彼女が嫌がっているだろう」とか、「彼女に迷惑をかけるな」とかだろう。

まるで、彼女のことも一緒に叱るような言い方だった。

小林先生は続けた。

「真人くん、昨日の検査に来なかったね」

意味がわからず、「なんのことですか?」と訊き返した。

ぼくの脳には、まだ除去していないもうひとつの腫瘍があるために、現在も薬物治療を続けている。そのため定期的に聖華浜松病院に通っているのだが、そのほかにも半年に一度、脳の検査をしていた。その検診は明日のはずだったのだ。

先生に経緯を説明された。

前回の検診で、腫瘍が少しだけ大きくなっていたと発覚したため、今後の検診は三ヵ月に一度に短縮することになったという。ぼくは日記にそれを書き忘れていたようだった。

小林先生がいなくなった後、会話を聞いていた千鳥さんに訊かれた。

「どこか悪いの?」と。

千鳥さんはぼくの症状を知らなかった。

今まではカウンセリングを待ち伏せしていただけだったし、はじめて会ったときも彼女はすぐに怒って帰ってしまったから、あの部屋にぼくがいたことも覚えていなかったのだろう。

彼女にすべてを話した。

どうせ隠すこともできない。先に話してしまったほうが楽になると思った。

千鳥さんは泣きだして、ぼくの苦しみがわかると言った。

二人で病院近くの喫茶店に入った。

彼女は来年の一月になると一年間の記憶を失い、二十歳の自分に戻ってしまう可能性があるという。

似たような苦しみを持ったぼくらは、すぐに打ち解けた。

彼女はデートの誘いをＯＫしてくれた。

夢みたいだ。

ぼくは、はじめてこの症状に感謝した。

天津真人の日記　二〇一五年　三月二十六日

また、奇跡が起きた。

朝、千鳥さんを想いながら目が覚めた。

幸せな気分だった。

けど、不思議な感覚だった。

彼女に関する記憶は、ひとつだけだ。

カウンセリングルームで「尾崎千鳥」と名乗った女の子がすごく怒っていて、そんな彼女を見て、ぼくに特別な感情が芽生えたこと。

だが、起きた瞬間、彼女がどんな人なのか、なぜかわかったのだ。

意外と内向的で、でも感情豊かで、怒りっぽくて、涙もろくて、心が綺麗な女性。すごく具体的に想像できた。

最近の日記を読み返した。

記録されていた千鳥さんは、思っていた通りの子だった。

そして昨日は、はじめて彼女とデートしていた。

もしかして、と思った。

ぼくは、昨日の幸せな気分を翌日まで継続していたかもしれない、と。

記憶障害の資料を見返し、その中から、以前小林先生から聞いた話を見つけた。

三分間しか記憶できなくなったドイツ人男性は、奥さんを忘れてしまったけど拒みはしなかった。忘れてしまっても、感情で覚えていることもあるのだ。

彼とぼくは似ているのではないだろうか。

彼は奥さんのことだけを「感情で記憶していた」。
ぼくは、千鳥さんのことだけを「感情で記憶できる」。
千鳥さんと会ったすべての日が、ぼくの中に残っているかもしれない。
だから彼女の人格をなんとなく想像できるのだ。記憶ではなく、感情が覚えている。
千鳥さんと会えるだけで幸せだ。
でも、これから彼女と時間を共にすれば、もっと彼女を理解できるかも。
千鳥さんを通して、人生を進めていけるのではないだろうか。

天津真人の日記　二〇一五年　四月二十六日

ぼくに変化が起きてから一ヵ月が経った。
仮説が当たった。
今は前よりも、千鳥さんがどんな人なのかわかる。
彼女にもっと親近感を覚えて、彼女をもっと愛おしくなっている。
理屈じゃない。感覚でそのことがわかる。
ぼくたちの歴史は進んでいる。ぼくは人生を歩めている。

今日も千鳥さんと会った。

彼女は、ぼくと行った浜松市動物園のデートについて話していたけど、ぼくはそのことを忘れていて、話についていけなかった。

千鳥さんは途中でぼくの様子に気づき、謝った。

「これからは気をつける」と。

目の前にいる男が記憶障害ということを、つい忘れていたようだ。

以前にも同じことがあったそうだ。

浜名湖パルパルでデートしたとき、彼女はうなぎ屋でのデートのことを話してしまったという。

千鳥さんはとても反省していた。

四月十日の日記を確認すると、たしかに「ちょっと落ち込んでしまう出来事もあった」と書かれていたから、そのことだろう。

ぼくは今、生活に必要な情報をメモに残している。

彼女に関する情報もそう。

たとえば、「千鳥さんと出会った日」「千鳥さんとのデート回数」「千鳥さんの性格」「千鳥さんの好きなもの」というふうに、カテゴライズしてまとめている。

千鳥さんと会う前はこのメモを読み返しているため、デートの内容まではそれほど把握しないまま会っていた。

彼女に気を遣ってほしくない。それに二人の思い出も、普通の恋人みたいに楽しく話したい。そこで、ある方法を考えた。

人は、感情が大きく変化したことを覚えている。

千鳥さんがぼくたちの思い出を語るとしたら、きっとそういった出来事だろう。

ぼくには記憶することはできないけど、「記録」することはできる。

日記をすべて読み返すと膨大な時間がかかるけど、千鳥さんがすごく楽しかったり感動したり悲しんだりした思い出だけを、ＰＣに小説のようにまとめたらどうなるだろう？

それがあれば、朝の数時間でぼくたちのストーリーを把握できるし、千鳥さんをもっと深く理解できると思うのだ。

そうすれば、千鳥さんに気を遣わせなくてよくなる。普通の恋人みたいに、二人の思い出も語れるようになるかもしれない。

ぼくにとって、この記録は記憶になる。

それに、もしかしたら。そのストーリーを紡ぎ続けていけば、それを小説として出版できる。

小説が書ける。

千鳥さんのおかげで前向きになっている。

大げさじゃなく、彼女は希望の光を運んでくれる天使だ。

天津真人の日記　二〇一五年　十月六日

千鳥と一緒にお墓参りに行ってから、一週間が経った。

あれからまた、いろいろと調べた。

千鳥は来年の一月、また記憶を失う可能性がある。

その日が過ぎるのをただ待つのではなく、できることがないか探った。

書きながら整理しようと思う。


症例を調べるうちに、千鳥を救うために必要不可欠なキーワードがあるとわかった。

「故人の死の認知」

心因性の記憶障害だけに限らない。

大切な人が亡くなったことが原因で、なんらかの精神的な疾患を抱えた人は、故人の死を認知することで回復に向かうケースが多いのだ。

これは、以前調べたことにもつながっていた。

浜松まつりで両親の死をなんとなくでも理解しなければ、千鳥は危険な状態になっていたかもしれない。

そして、この「死の認知」をより深く行うことで、症状が改善された人が大勢いる。

親しい人に故人の死を何度も説明されたり、自分と故人が一緒に写ったアルバムを毎日見返したり、お墓参りに何度も行ったりする。

彼らはそういった行為を繰り返すうちに、故人の死を「ちゃんと悲しめる」状態になって回復したのだ。

恋人を暴漢に殺されたアメリカ人女性も、故人の死の瞬間を何度も思い出したことで「脳がショックに耐えられるようになった」わけではなく、「故人の死を深く認知できた」から、回復できたのではないだろうか。

千鳥も、いつかご両親が亡くなったことをちゃんと悲しめて、ご両親とちゃんとお別れができるようになれば、記憶障害が治るかもしれない。

そう考えると、千鳥は今年、奇跡的に良いプロセスを踏むことができたのだ。

浜松まつりの翌日からは以前よりも元気になったし、お墓参りの後からはもっと明るくなった。

小林先生も栞ちゃんも、去年の千鳥はこんなにいきいきしていなかったと言っている。

つまり、「ご両親の死に目を向けること」と「ご両親の死を納得すること」という二つのプロセスを毎年、確実に踏んでいけば、千鳥の症状は早く改善する。

それを何度か繰り返せば、より短い期間でご両親の死を完全に認めることができて、記憶障害が治るかもしれない？


だが、どうやって？


仮に、もしも来年、千鳥がまた記憶を失ったら……。

来月、ぼくは千鳥と結婚する。

千鳥に「ぼくは夫だ」と言って、一緒にお墓参りに行ってもらう？

いや。ただでさえ「ご両親の死」と「自分が記憶障害になった」という事実に驚いているのに、自分が結婚していたと知ったら、千鳥は余計に混乱してぼくを遠ざけるかもしれない。

一年以内に一緒にお墓参りに行ってくれないかも。

そもそも、まずは「ご両親の死に目を向けること」の段階を踏まなければ、お墓参りに行く気にすらならないだろう。そのひとつ目の段階さえ踏んでくれるかわからない。

今年は運がよかった。

千鳥は偶然、浜松まつりでご両親のことを思い出した。無理にご両親の死を意識させようとしたら抵抗していただろう。

故人の死を無理に認知させようとすると逆効果になる。死を認めたくなくて、余計に目をそらしてしまうことが多いそうだ。

あくまで、千鳥自身が自発的にご両親とお別れする気持ちにならなければいけない。少なくとも、「ご両親の死を納得すること」という二つ目の段階、お墓参りは。

お墓参りの後、千鳥は「あなたと一緒だったから来れた」と言っていた。

栞ちゃんに誘われても一度も行かなかったのに、ぼくとは一緒に行ってくれた。ぼくをそれだけ好きになってくれたことで、信頼できる人間の支えがあったことで、なんとか行けたということだ。

それなら、もう一度、千鳥に好きになってもらう？

来年いっぱいまでに、また千鳥に好きになってもらって、「この人と一緒ならお墓参りに行ける」と思ってもらえばいいのか？

そんなことできるのか？

千鳥は警戒心が強い。

最初も、ぼくも記憶障害だと知ったことで、はじめて心を開いてくれた。ぼくが記憶障害じゃなかったらデートを拒み続けたかもしれない。

千鳥はたまたま心を開いてくれて、たまたま浜松まつりで両親の死を認知した。この二つは、今年はたまたま上手く行ったんだ。

たまたま……。

今年とまったく同じことを繰り返せばいいのか？
千鳥との出会い方も、浜松まつりでのことも……。
そして同じデートをしていけば、また、千鳥に好きになってもらえて、やがては一緒にお墓参りに行ってくれる？

そんなこと可能なのか？

いや、できる、できないじゃない。
今は、これが千鳥を早く救えるかもしれない最善の方法だ。

ぼくは千鳥の助けになりたい。

だから、前向きに考えろ。

幸いぼくには、千鳥との日々を描いた記録がある。

無理な話じゃない。

もしもまた千鳥が記憶喪失を起こしたときのために、この方法を真剣に考えてみる価値はある。

天津真人の日記　二〇一五年　十一月十五日

千鳥と結婚式を挙げた。

話し合った結果、二人だけで教会でやることにした。

籍も入れない。

千鳥はぼくを忘れるかもしれない。

ぼくも千鳥を忘れるかもしれない。

そのときに、ぼくたちはどうなるのか。

二人とも予想できなかった。

ぼくたちにとって、未来は脅威的な敵なのだ。

籍を入れるのは、二人の未来が大丈夫だと確信できたときまで待つことにした。
ウェディングドレス姿の千鳥に指輪をはめるとき、今までの日々を想像した。
今朝読んできたぼくたちのストーリーだ。
ぼくは思い描いた。
怒ったり、
悩んだり、
泣いたり、
ドキドキしたり、
笑ったり。
普通の恋人みたいに深まっていった美しい日々を。
この日々は嘘じゃない。
千鳥を想う気持ちでわかる。
ぼくにとっては奇跡だ。
千鳥をこんなふうに想えるなんて思ってなかったから。
今、ぼくには、生きている実感がある。
心が躍っている。
生きてきてよかった。

天津真人の日記　二〇一五年　十一月二十二日

今日、聖華浜松病院で記憶力のテストをしてきた。カードになにが書かれているかを覚えたり、先生がなにを言ったのかを覚えたりする十分程度の簡単なテストだった。

小林先生によると、ぼくの記憶力は通常の人の何十倍もあるそうだ。あくまで短期記憶だけど。

これは前向性健忘になった人にごく稀に起こる現象で、脳が長期記憶できなくなった分、短期記憶の機能が活発化することがあるそうだ。

さらに、ぼくはいつも「千鳥と過ごしたこの日を忘れたくない」と強く思うようになったため、そのことも短期記憶力の向上に関連しているかもしれないという。

この出来事で、決心が固まった。

仮に千鳥がまた記憶を失ったら、ぼくは千鳥の前に知らない男として現れ、そしてもう一度、千鳥に好きになってもらう。

今年と同じ出会い方、同じデートをして、同じように関係を深めていく。

そして最終的に、千鳥と一緒にお墓参りに行って、ご両親の死を認知してもらう。

いろいろと考えたけど、これが最も確実に千鳥の力になれると考えた。


一日だけなら、ぼくの記憶量は普通の人よりも遥かに多い。

午前中から日記やメモや小説形式でまとめた記録を読み、夕方以降から千鳥に会う。

そうすれば、この計画を実現させることも不可能じゃないはずだ。


小林先生や栞ちゃんにも協力してもらうことになった。

過去の症例をいくつも見せながら説得した。

千鳥を早く救えるかもしれない。確実に救えるかわからないけれど今はこの計画に賭けてほしい。そう必死にお願いした。

二人は、ずっと近くで千鳥を見てきた。

千鳥が去年、もっと暗かったことを知っている。

今年、浜松まつりの後と、お墓参りに行った後に、千鳥が目に見えて元気になったことも知っている。

だから、最終的には納得してくれた。

千鳥にはこの計画を言わないことにした。

もし言ったら、千鳥はきっと止めるだろうから。

自分の人生のために、そこまでの犠牲を払ってほしくないと。

もし記憶を失くしたとしても、ぼくが夫だったということを伝えて、「ちゃんともう一度好きになってもらえるように頑張るよ」とだけ、明るく言うつもりだ。

それでも千鳥は嫌がるかもしれないが、計画を話すよりはいい。


これは、念のための準備だ。

千鳥の記憶喪失が起きないことを願いながら、あと二ヵ月を待とう。

天津真人のプリント　二〇一七年　五月十一日

お帰り。

時間旅行はどうだったかな？　言った通り、悪くなかっただろう？

いちおう、かい摘(つま)んで説明しておこう。

君は二〇〇九年の手術後、新しいことを記憶できなくなった。

小説も書けなくなって、生きる希望を失っていた。

そんなとき、尾崎千鳥と出会った。

そして、彼女に一目惚れした出来事だけを記憶できたんだ。

千鳥に関する記憶はそれしかない。

けれど、やがて君の頭の中には、千鳥の人格が形成されていった。

小説の登場人物が形成されていくのと同じように。

千鳥がどんな人なのか、一瞬で思い描けるようになったんだ。


きっと今も、不可解な気持ちだろう。

自分の症状のことも、小説が書けなくなったことも知らないのに、千鳥のことだけはどんな人なのかわかる。

千鳥を思い描くと、幸せな気持ちになれる。

人生を歩めている感覚もある。

誰かを想うことが、これほどかけがえのないものだとは知らなかっただろう？

君は、宝石のように光り輝く二人の思い出を知ることもできる。

小説形式でまとめたぼくたちのストーリーは、ＰＣにある。

二〜三時間もあればすべて読み終わるだろう。

さて、以上が今までの経緯だ。

ここからは、君に伝えなければいけないニュースがある。
グッドニュースとバッドニュースだ。

まずはグッドニュースから。
先月、ぼくと千鳥の記録に少し手を加えた小説を、講丹社の鈴木さんに見せた。
鈴木さんは感動していたよ。
そして、ぜひ出版させてくれと言ってくれた。
すべてが終わったら、千鳥に出版してもいいか訊いてみてくれ。
OKだったら、やっと新作を出版できる。
もちろん千鳥が嫌がる可能性もある。
そうなったら、出版はしない。
わかってるはずだ。
千鳥の気持ちが、なによりも大切だから。

そしてバッドニュースだ。
実は、今年の三月の検査で、頭に残っていたもうひとつの腫瘍が急激に大きくなったと判明した。

小林先生にはすぐ手術をしないと危険だと言われているけど、この手術が難しいらしく、命を落とすかもしれないそうだ。たとえ成功しても長期入院することになる。

さらに手術後は、違う後遺症が残る危険もあるらしい。

だからこの手術は、「今年の計画」が終わるまで遅らせてもらうことにした。

そんな理由もあって、今年の計画は一ヵ月と決めた。（その後、トラブルがあって二週間に変更したのだが、そのことは後で説明する）

この計画は君の人生において、最も重要なことだ。

君の目的はたったひとつ、「尾崎千鳥を救うこと」。

君は、千鳥が記憶を失うたびに、千鳥が落ち着いた四月頃に知らない男として千鳥の前に現れる。そして、二〇一五年と同じデートをしながら千鳥にもう一度好きになってもらい、一緒にお墓参りに行って、ご両親の死を認知してもらう。

この期間中は、そのほかにも千鳥の力になる。たとえば、仕事の悩みを解決すること。

実はこの計画は、去年、一度成功している。

六ヵ月にわたる血の滲むような努力の末、君は千鳥をお墓参りに連れていけた。

けど、残念ながら千鳥は、今年も記憶を失ってしまったんだ。

だから、今年が二度目の挑戦になる。

そして今回の挑戦も、実はもうほとんど終えている。


今年の計画がどうなったのか、簡単に説明しておこう。

まず今回は、例年とは違う出会い方をしたかった。

去年と一昨年は、千鳥と最初のデートをするまでに一ヵ月以上かかった。長い時間をかけて何度もデートに誘った後、千鳥はぼくも記憶障害だと知って、はじめて心を開いてくれたのだ。

だが、今年は同じ時間をかけられない。

千鳥にいきなり「ぼくも記憶障害だ」と伝えてからデートに誘うことも考えたが、だからと言って、すぐに誘いをOKしてくれるとは思えない。

相手は千鳥だ。ぼくがどんな人間だろうと、普通の誘い方をしていたら一回もデートできずにタイムリミットを迎えてしまう恐れもある。


そこで、千鳥にこんなゲームを提案することにした。

「ぼくたちは過去に会っている。一ヵ月デートしてぼくの正体がわかったら、ご両親からもらった腕時計のある場所を教える。わからなかったら、ぼくと付き合ってもらう」

千鳥は去年、あの腕時計を「家の中のどこかでなくした」と言っていた。今年に入っても栞ちゃんに見つかったとは言っていなかったから、こう言えば、しかたなくデートするかもしれないと考えた。

このゲームができれば、早い段階から親近感を持ってもらいやすいし、最初から親しげな会話や行動もしやすい。会ったことのない男として現れるよりも、遥かに早く千鳥との距離を縮められる。

ただ、リスクもある。

例年と違い、千鳥はぼくの正体を探っていくため、ぼくと結婚していた過去を知られる可能性もある。

やはり、ぼくが夫だということは秘密にしておきたい。

少なくとも、親しくなる前に知られてはいけない。千鳥は混乱し、まずぼくと距離をとろうとするかもしれない。そうなれば、期限までにお墓参りに行けなくなる。

そのため今回は、ぼくの記憶障害のことは言わないことにした。

ぼくも記憶障害だと知れば、千鳥はぼくとの出会い方を予測しやすくなり、結婚していた過去にもたどり着きやすくなる。

例年よりもかなり難しい計画だが、これしかないと思った。

負けず嫌いの千鳥を挑発した結果、なんとかこの賭けに乗らせることに成功した。

けれども、ここからがまた大変だった。

今回は、早く千鳥に好きになってもらうため、以下のデートを厳選した。(本当はもっと多かったが、期間を二週間に縮めたのでかなり削除した)

四月二十九日……二〇一三年三月二十五日「駅前のうなぎ屋」

五月二日……二〇一三年四月十日「浜名湖パルパル」

五月三日……二〇一三年五月三日「パンケーキ屋&浜松まつり」

五月五日……二〇一三年九月二十七日「プラネタリウム」

五月七日……二〇一三年十月七日「竜洋富士」

五月九日……二〇一三年七月二十二日「中田島の海で花火」


これらのデートを再現するのは至難の業だった。

大失敗したのが、「浜名湖パルパル」のデートだ。

デート当日の朝に頭が割れるように痛くなり、病院で小林先生に診てもらうと、いつ倒れてもおかしくないと言われ、症状を緩和させる薬をもらった。千鳥に連絡してデートを翌日に変更してもらったのだが、翌日も手足の震えや吐き気に襲われ、デートの最中に吐きそうになってトイレに駆け込んでしまった。

体がこんな状態になったため、期限を一ヵ月から二週間に変更してもらった。

その二週間でも時間が足りない恐れがあったため、強引に千鳥の意識をご両親の死に向かわせようとしたが失敗し、やはり最低限のプロセスを踏む必要があると思い知らされた。

栞ちゃんと小林先生には、去年と同じように協力してもらった。

今年も二人には、ぼくの正体を伏せてもらった。

栞ちゃんは、千鳥がぼくを警戒しないよう会話してくれたり、（ぼくに興味を持たせるため名前を調べるよう促してくれたらしい）、過去の日記を捨てた理由は「ぼくと別れたいから」ではなく、「前だけを見て歩きたいから」ということにして千鳥に伝えてくれたり、ぼくたちのデートのために花屋の営業日を調整してくれたりした。

小林先生は、今年も竜洋富士の下で電球のスイッチを入れてくれた。千鳥と出会った二〇一五年から手伝ってくれているから、今回が三回目だ。

二人には本当に感謝している。

あとは、予定になかった「千鳥から誘われた映画館デート」の日も、その翌日も大変だったのだが……説明するときりがないので、詳しく知りたければ日記を読んでくれ。

ほかにも数え切れないほどハプニングがあったが、この二週間、君は四苦八苦しながらすべてのデートを終えた。

そして今年も無事に、千鳥と一緒にお墓参りに行くことができたのだ。


おめでとう！


……と言うのは、まだちょっと早いかもしれない。

これで千鳥の記憶障害が完治したかはわからない。来年の一月二十七日を過ぎないと、結果はわからないのだ。

最悪、あと何回かは、このプロセスを繰り返さないといけないかも。

けれど、問題ない。

ぼくは何度でもこのプロセスを繰り返す。

千鳥を早く救えるかもしれないのなら、何度でも。

これがぼくの思いつく唯一の「毎年、記憶を失う彼女の救いかた」だから。

今日は、ゲームの最終日だ。

ぼくの正体が誰なのか、どんなきっかけで知り合ったのか、千鳥から解答を聞くことになっている。

今年の目的はすでに果たしてはいるが、どんな解答なのか、けっこう楽しみだ。


その後は、手術が待っている。

千鳥との賭けは、ぼくの勝ちだろう。

本当に付き合うことになるかはわからないが、とりあえず、「海外に取材に行く」と言って姿を消し、そのまま入院するつもりでいる。

そして来年の一月に千鳥がまた記憶を失ったら、ぼくはまた、同じことを繰り返す。


最後に。


君にとって最も大切なものは、小説ではなかった。

心から愛せる人だった。

幼い頃、守ってくれるはずの存在に守られなかった君は、誰も信用できず、人ではないなにかに頼ることでやっと生きてきた。

そんな中、千鳥と出会った。

千鳥に惹かれ、君の感情には、千鳥と一緒に積み重ねた日々が残されていった。

本当に信頼できる人を見つけた君は、はじめて満たされた。
やっと、そのままでも生きられるようになったんだ。
その証拠に、今、大きな幸せを感じているだろう?
小説を書き始めてからも、こんな気持ちになれたことは一度もなかった。
君にとって最も大切なものは、愛だった。

今回の計画中に、君は死ぬかもしれなかった。
そして、これからする脳の手術の最中に、君は死ぬかもしれない。
ただ、恐くはない。
千鳥は、君の生きる意味なんだ。
千鳥のために頑張って死ねるのなら本望なんだ。
千鳥より大切なものはない。
だから、こうやって生きると決めた。

千鳥を救うことは簡単ではないかもしれないが、きっと成功できる。

君には武器がある。

君は千鳥のことを想っている。
彼女の歴史は、君の感情に刻まれているのだ。
その強い想いはなにもかも超越するだろう。
君は千鳥のことも知っている。
千鳥の好きなものも。
千鳥の秘密も。
千鳥の感動するものも。
千鳥の大切な場所も。
それらは、ぼくたちの記録にすべて刻まれている。

それでも君は、きっと不安だろう。
ぼくたちには、記憶障害という壁があるのだから。
でも、大丈夫。
たとえ、ぼくが千鳥を忘れても。
たとえ、千鳥がぼくを忘れても。
出会った瞬間、君はまた、尾崎千鳥を愛する。
では、幸運を祈る！

わたしは涙を流した。
彼の超人的な頑張りに？
愛のこだわりに？
頑ななまでに真っ直ぐなひたむきさに？
たくさんありすぎて、わからなかった。

日記を読みながら、この数日間が蘇った。
彼の不自然な言動がすべて理解できて、バラバラだったパズルのピースが次々とはまっていく感覚になった。

うなぎ屋に行く途中に何度もケータイを見ていたのは、デートの段取りを確認していたのだ。店の中で誰かにメールしていたように見えた行動も、わたしに関する新事実をメモしていたのかもしれない。一昨年と去年、わたしは「薔薇が大嫌い」だと言わなかったのだろう。

パンケーキ店で一番大きいサイズを注文したのは、日記にそう書かれていたから。けど、例年とは違う期間限定の特大サイズが運ばれてきて、ミス浜松を近くで見られる時間に間に合わせるため急いで食べきった。

浜松科学館で、彼が「テーブルさん座」のことを「ケーブルさん座」と勘違いしていた理由も、二〇一五年の日記を読んで理解できた。彼はわたしの言った「テーブルさん座」という言葉を聞き間違えて日記に書いていたのだ。

竜洋富士で渡された仕事に関する資料は一日で集めたものではなかった。去年から——もしかしたら一昨年から、長い時間をかけて少しずつ情報量を増やし、あれだけ厚いものになった。

映画館で急に消えてしまった理由も腑に落ちた。

彼はこの数日、デートを再現することで疲れていたのだろう。前日は誕生日サプライズの準備もあって寝不足だったため、映画を観ている最中にうたた寝をした。そして二〇一二年に警察署で目覚めたときと同じように小林先生に電話して帰宅しようとした。映画が終わった瞬間、わたしに話しかけられてひどく驚いていたのも、目が合ってもそのまま行ってしまったのも、わたしを見て混乱していたと考えると納得できる。

プラネタリウムを観た後に仕事の相談をしたとき、「誰でも最初の一歩は怖い」と言ったのも、プールサイドで「ぼくにはわかる」と言ったのも、本当にわたしの気持ちがわかってそう言っていたのだ。自分も記憶障害だから——。


日記を読み終えた後、わたしの中でなにかが変わった。

とにかく彼が生きている。わたしも生きている。その事実があればもうよかった。

それだけあれば、十分だと思った。

夢を描けなくてもいい。

記憶障害も治らなくていい。

前に進めなくてもいい。

ほかにはなにもいらないから、お願いだから、彼を助けてほしい。

そう神様に願った。


廊下の窓から朝日が差し込み始めた頃、小林先生が手術室から出てきた。

わたしは先生に駆け寄る。

「彼は?」

厳しい表情をしていた先生は顔をゆるませ、

「助かったよ」と答える。

緊張で固まっていたわたしの体がほぐれていく。

「はい」

と先生はわたしに腕時計を差し出した。

「真人くんの時計。輸血するときに外したから」

わたしはオメガの腕時計を手にとる。

彼がはじめての印税で買った大切な時計——。

先生は廊下のベンチに置かれていた日記に目をやった。

「読んだのかい?」

うなずき、わたしは彼の生死を確かめることと同じくらい重要なことを訊く。

「彼はまだ、わたしを覚えてる?」

先生はまた真面目な顔に戻る。

「わからない。でも真人くんの症状は、悪くなることはあってもよくなることはほとんどない。最悪の場合、すべてを忘れている」

天津真人は、わたしを通して人生を進めていた。

わたしと出会ったときの思い出だけが残り、わたしを感情で覚えているという漠然とした感覚だけが生きる証だった。

その二つの記憶すら失ったら？　すべてを無くしてしまったら？

これまでのことは、すべて無かったことになるの？

「もしも忘れていたら、彼はどうやって生きればいいの？　永遠に一歩も進めないの？」

先生はいつも見せる向日葵のような笑顔をわたしに向けた。

「君は、進めてない？」

わたしは思いがけない答えに「えっ？」と声を出してしまう。

「彼はこうなってしまうことも覚悟していた。その上で、君に進んでもらうことを考えて生きてきた。君は、本当に進んでいない？」

わたしは考える。

「彼の影響で君に変化が起きたなら、彼も進めていることになる」

そう言って先生は行った。

わたしは先生の言葉の意味をすぐに理解する。

スマホを取り出すと、時間は六時五十八分。まだ七時にもなっていないけど関係ない。

わたしには為すべきことがある。

電話をかけると二コール目で彼女が出た。

「奥さん、わたしを雇ってください」

それから十分くらい話しただろうか。わたしは奥さんにすべてを打ち明けた。

内容はよく覚えていないけど、「雇ってほしいこと」、「自分が記憶障害だということ」、「独立するための修業期間と考えてほしいこと」、この三つだけはしっかり言えたと思う。

わたしが話し終わると、奥さんはいつも通りの明るい調子で言った。

「つらかったねぇ。でもそんなこと気にしなくていいのよ、千鳥ちゃんが来てくれるだけでウチは嬉しいんだから。こないだも、千鳥ちゃんのこと、お父さんと話してね――」

おかしな感覚だった。

記憶障害なんて難しい話をわかってもらえるか心配だったけど、奥さんはわたしの言っていることを十分理解した上で働くことを了承してくれた。その口ぶりは、わたしを思いやり気遣ってくれているとわかった。

だから多少はこの症状で迷惑をかけても見捨てられないと思えたし、迷惑をかけてもそれならそれでいいかとさえ思えたのだ。

つまり、なんていうか――。

わたしにとっては百点満点の喜ばしい返答だった。

電話を切ったわたしは病室に入り、彼の手を握って、彼が暗闇から戻るのを待った。

それから十三時間後。

彼が目覚めたのは夜だった。彼が好きといっていた夜――。

あのとき「夜が好き」と言っていたのは、夜からしかわたしと会えないことを隠すために咄嗟についた嘘かも。

けれど、その後に言ったことは真実だと思う。彼はロマンチストで、暖かい家族に囲まれたいと切に願っているのだ。

目を覚ました彼は、病室を見渡した。

そしてわたしの顔をじっと見た後、わたしに手を握られていることに気づいて少し恥ずかしそうな顔をする。

「君は……？」

彼は忘れていた。

この八年間で唯一の記憶を。カウンセリングルームではじめてわたしと会ったときのことを。

でも、そんなことはどうでもいいのだ。

「……わからない？」

彼が見つめてくる。

この優しい瞳に何度も包まれた。

わたしが覚えていないだけで去年も一昨年も、きっと数え切れないほど、この瞳にぬくもりをもらってきたのだ。

彼が言う。

「わからない……けど、はじめて会った気がしない」

わたしの口もとが自然とゆるむ。

「なんで……笑ってるの?」

戸惑う彼に、わたしは返す。

「わたしたち、実は知り合いなの。だから賭けしない?」

「賭け?」

「わたしとデートして正体がわかったら、あなたの腕時計のある場所を教えてあげる。わからなかったら——わたしと付き合ってもらう」

〈著者紹介〉

望月拓海（もちづき・たくみ）

神奈川県横浜市生まれ。日本脚本家連盟会員。本作の舞台である静岡県浜松市と磐田市で育つ。上京後、放送作家として音楽番組を中心に携わった後、2017年『毎年、記憶を失う彼女の救いかた』で第54回メフィスト賞を受賞しデビュー。

本書は書き下ろしです。

毎年、記憶を失う彼女の救いかた

2017年12月20日　第1刷発行　　定価はカバーに表示してあります

著者……………………………望月拓海

発行者…………………………鈴木　哲

発行所…………………………株式会社 講談社

〒112-8001 東京都文京区音羽2-12-21

編集03-5395-3506

販売03-5395-5817

業務03-5395-3615

本文データ制作………………講談社デジタル製作

印刷……………………………豊国印刷株式会社

製本……………………………株式会社国宝社

カバー印刷……………………慶昌堂印刷株式会社

装丁フォーマット……………ムシカゴグラフィクス

本文フォーマット……………next door design

ISBN978-4-06-294093-1　N.D.C.913　319p　15cm